大魚讀品
BIG FISH BOOKS

让日常阅读成为砍向我们内心冰封大海的斧头。

母亲紧咬下唇，努力压低音量。她哭了一整晚，把枕头全哭湿了。隔天早上，她的双唇因为整晚紧咬，肿得无法闭合，不停地流着口水。

没有姐姐的房间显得有点陌生、冷清，但金智英非常高兴，终于可以独自使用这个房间，她开心得仿佛要飞上天一样，躺在地板上滚来滚去，高声欢呼。这是她第一次拥有属于自己的房间。

金智英感觉自己仿佛站在迷宫的中央，一直以来明明都脚踏实地地找寻出口，今天却有人突然告诉她，其实打从一开始这个迷宫就没有设置出口。

不论金智英举多少理由婉拒，说自己已经不能再喝了，回家路上很危险，真的不想喝了，也会遭部长反问：“这里这么多男人，有什么好怕的？”我最怕的就是你们！金智英把这话咽回肚子里，偷偷将酒倒在冷面碗和一旁的空杯里。

原本坐在太太旁边、身穿印有大学校徽外套的年轻女子，一脸不耐烦地愤而起身，还撞了一下金智英的肩膀，故意说了句让她难堪的话：“肚子都大成这样了，竟然还坐地铁出来赚钱，真不知道在想什么。”

在接下来的日子里，宝宝只要一没人抱就哭个不停，不分昼夜地哭泣，金智英要抱着孩子做家务、上厕所，也要抱着孩子补觉。她每两个小时就要喂一次母乳，所以从来没法好好睡超过两小时的觉，却还得把家里打扫得更干净。

金智英偶尔还是会变成另一个人，有时是还在世的人，有时是已过世的人，但她们都有个共通点——都是她周围的女人，而且怎么看都不像是在开玩笑或者捉弄人。她真的是完美且惟妙惟肖地，彻底变成了那个人。

82年生的金智英

82 년 생 김 지 영

[韩] 赵南柱 著

尹嘉玄 译

贵州出版集团
贵州人民出版社

由衷期盼世上每一个女儿，

都可以怀抱更远大、更无限的梦想。

目录

二〇一五年

秋

只有你们家人团聚很重要吗？我们也是除了过节以外，没有别的机会可以聚在一起好好看看三个孩子。最近年轻人不都是这样吗？既然你们的女儿可以回娘家，那也应该让我们的女儿回来才对吧！

◇

金智英，现年三十四岁，三年前结了婚，先生叫郑代贤。两人去年生了女儿，取名郑芝媛。他们一家三口住在首尔郊区八十平方米的公寓里，房子是以全租的方式承租的[1]。郑代贤任职于IT界的某个中型企业，金智英则在一家小型公关代理公司上班，后来因为小孩出生而离开职场。郑代贤每天都要加班到凌晨十二点，周末也要上一天班。金智英的婆家远在釜山，娘家经营了一家小餐厅，所以育儿的大小事都得亲力亲为。今年夏天郑芝媛满周岁以后，她就把女儿送进了社区一楼的家庭式托儿所，只托育半天。

---

1 韩国独有的租房方式，房客先缴一笔占房屋总价50%至70%的金额给房东，房东会用该笔资金投资，赚取银行利息、自行炒股等。租约期间（通常是两年）房客则不需要再缴纳任何费用，只需自理水电、燃气、管理费。期满退房时，房客可以拿回当初缴纳给房东的全部金额。——译者注

郑代贤第一次察觉到金智英的异常是在九月八号，他之所以记得这么清楚，是因为那天正好是二十四节气中的白露。郑代贤正吃着吐司配鲜奶，金智英突然走向阳台，将窗户全部打开。早晨的阳光耀眼灿烂，但是窗户一推开，微凉的寒意还是马上飘到了餐桌。金智英缩着肩膀，走回餐桌前坐下，说道：

“我才想着最近早上的风变大了，原来今天已经是白露了啊！看来金黄色的稻田上，又会挂着晶莹的露珠喽！”

郑代贤觉得妻子的口吻活像个大婶，扑哧笑了出来。

“你在说什么啊，怎么口气跟你妈一模一样！”

“小郑啊，以后出门要记得带件外套，早晚变凉了啊！”

直到那时，郑代贤都还以为妻子是在跟他闹着玩，因为她模仿岳母实在惟妙惟肖，尤其是每次只要有事要吩咐或叮嘱都会稍微眨一下右眼，以及称呼女婿为“小郑”时一定会拉长音的这些细节，都学得很到位。虽然金智英最近可能因为厌倦了育儿生活，经常会放空发呆，或边听音乐边流泪，但她原本性格非常开朗，有时还会模仿电视节目里的谐星，把丈夫逗得捧腹大笑，因此郑代贤没想太多，抱了妻子一下便出门上班了。

那天傍晚，郑代贤下班回到家，金智英与女儿早已在床上熟睡，母女俩都吮着大拇指。郑代贤站在原地看了她们许久，觉得可爱又好笑，然后试着将妻子的大拇指从她口中慢慢拉出。

金智英像个婴儿一样，微吐着舌头维持吮拇指的嘴型，咂了咂嘴便又陷入沉睡。

几天后，金智英突然说自己是去年才过世的社团学姐车胜莲。车胜莲是郑代贤的同学，也是大金智英三届的学姐。其实郑代贤和金智英是同一所大学的学长和学妹，也加入过同一个登山社，但他们在大学时期从未见过彼此。郑代贤原本打算继续攻读硕士，因为家里出了点状况不得不打消这个念头。他读完大三才入伍[1]，退伍后又休学一年，回釜山老家打工赚钱。金智英正是在那段时间入学并加入登山社的。

车胜莲本来就是个很照顾学弟学妹的人，又因为金智英和她一样其实没那么喜欢登山，两人自然走得更近，即使毕业了也依旧会联络和见面。郑代贤与金智英初次相遇，是在车胜莲的婚礼上。车胜莲在生二胎时因羊水栓塞不幸过世了，当时金智英正处于产后抑郁期，得知这个噩耗之后极度难过，甚至连日常生活都受到影响。

那天，女儿早早入睡了，郑代贤和金智英难得可以对坐着小酌一番。一罐啤酒喝到快要见底，金智英突然拍了拍丈夫的

1　韩国实施义务兵役制，规定二十岁到三十岁的男性公民都要服兵役，役期大约两年，大学生通常会在二年级时先休学入伍。——译者注

肩膀。

“代贤啊，最近智英可能会有些心力交瘁，因为她正处在身体渐渐恢复、心里却很焦虑的阶段。记得要经常对她说‘你很棒’‘辛苦了’‘谢谢你’这些话。”

“你怎么又用别人的口气说话啊？好啦好啦，金智英你很棒，辛苦了，谢谢你，爱你哟。”

郑代贤轻捏了一下妻子的脸颊，觉得她实在太可爱了，没想到金智英脸色一沉，愤而拨开丈夫的手。

“你还把我当成二十岁的车胜莲啊？那个在太阳底下发着抖向你表白的车胜莲？”

郑代贤顿时全身僵住，什么话也说不出口。这已经是快二十年前的事情了。当时，两人站在夏日阳光晒得发烫的操场正中央，周围什么遮蔽物都没有。他已经不记得当初怎么会站在那里，总之是巧遇。车胜莲满头大汗、双唇颤抖着表白说她喜欢他，而且是非常喜欢。郑代贤听了，面露难色，车胜莲一看他这样，立刻打了退堂鼓。

“噢，我明白你的意思了。你今天就当作什么话也没听见，什么事情都没发生，我会像以前一样以朋友的身份对待你的。”

她说完便大步穿过操场，消失无踪。后来车胜莲真的就像从未表白过一样，泰然地面对郑代贤。郑代贤甚至怀疑自己那天是不是中暑了，产生了幻觉。自此之后，这件事就被他彻底遗忘。然而，这段近二十年前的陈年往事，居然再度被妻子提起，而且是只有他和车胜莲两人知道的事情。

金智英说完便闭口不言。郑代贤连喊了三次“智英”。

“唉，这家伙。好啦，我知道你是人家的好老公，所以别再喊智英了。”

“唉，这家伙。”是车胜莲喝醉酒时的口头禅。郑代贤瞬间头皮一阵发麻，只能故作镇定，不断叫眼前的妻子别开玩笑了。金智英则把喝光的啤酒罐留在餐桌上，牙也没刷就进屋，倒在女儿身旁，呼呼大睡。郑代贤从冰箱里又取出一罐啤酒，一饮而尽。她这是在开玩笑，喝醉了，还是只有电视剧里才会出现的所谓“被鬼附身”？

隔天一早，金智英起床时，不停地揉着太阳穴，看来她已经不记得前一晚发生的事情了。这让郑代贤放心不少，猜想应该是妻子昨晚喝醉了，所以才会有那些异常行为，但他也不禁为妻子昨晚脱口而出的惊人之语感到不寒而栗。其实郑代贤从心底并不相信那是酒醉失态的行为，因为妻子只喝了一罐啤酒，根本不可能喝醉。

在那之后，金智英仍不时会出现一些怪异举动，发信息时会加上很多平时从来不用的可爱表情，或者做一些完全不是她的拿手菜，也不是她平时爱吃的食物，例如煲汤、炒杂菜。郑代贤对这样的妻子感到越来越陌生，虽然是热恋两年、婚后还一起生活三年的枕边人，至今聊过的话题无数，也是彼此的支柱，还生了个继承父母长相的可爱女儿，但他怎么看都觉得，眼前这名女子越来越不像是他熟悉的妻子。

礼拜五回爸妈家过中秋节时，纸终于再也包不住火。郑代贤向公司请了一天假，早上七点一家三口便从家里出发，五小时后抵达釜山。和爸妈共进午餐后，郑代贤因为舟车劳顿，决定小睡一会儿。之前只要是开长途车，郑代贤和金智英都会轮流驾驶，但自从有了女儿，也许是因为安全座椅不舒服，每次女儿一上车就会哭闹不休，金智英比较懂得如何哄孩子、喂孩子吃零食，因此就改由郑代贤全程驾驶。

金智英洗完午饭的碗盘后，喝了杯咖啡，享受了短暂的休息时间，就和婆婆一起去市场，采买一些中秋节团聚要吃的食材。从晚上开始，婆媳俩就分工熬煮牛骨汤、腌牛小排、清洗各种蔬菜并用热水氽烫，再将一部分烫好的蔬菜拿去凉拌，其余的则放进冰箱保存。此外，她们也把隔天要用来做煎饼和炸物的蔬菜及海鲜处理干净。然后，她们做好了一桌晚餐，直到全家人吃完、整理收拾好，才结束这一天。

隔天，金智英与婆婆除了从早到晚都在忙着做煎饼、炸食物、炖牛小排、揉松饼[1]，还要准备家人的午饭和晚餐。一家人吃着热腾腾的佳节美食，共度欢乐时光。他们的女儿郑芝媛也毫不怕生地不停地对爷爷、奶奶撒娇，得到了长辈的无限疼爱。

终于到了中秋节，刚好也是礼拜天。由于家族祭祀主要由郑代贤的堂哥一家负责，郑代贤家其实没什么需要准备的，一家人都会睡到很晚才醒来。早餐是前一天的剩菜，简单解决。大家吃完饭，洗好碗之后，郑代贤的妹妹郑秀玄回来了。她比郑代贤小两岁，比金智英大一岁，平时和丈夫以及两个儿子一起住在釜山，她的婆家也在釜山。由于她先生是长子，所以每逢过年或中秋佳节，她都需要负责准备食物、招待亲友，身为长媳压力非常大。郑秀玄一回到娘家，马上就瘫在沙发上，金智英和婆婆则抓紧用熬了好几个钟头的牛骨汤底来炖芋头汤，再煮一锅米饭，做煎鱼、凉拌小菜，又为郑秀玄准备了一桌午饭。

郑秀玄吃完饭，拿出送给侄女芝媛的五颜六色的连衣裙、发夹、蕾丝袜。她帮芝媛夹上发夹、穿上袜子，满意地笑着

1　一种以糯米制成的韩国传统食品，韩国人会在中秋节时用来祭祖、食用，作为礼物送给亲友，邻居之间也常会交换自家揉制的松饼。——译者注

说："要是我也有女儿就好了，果然还是女孩最可爱！"此时金智英虽然削了苹果和水梨，但大家已经吃得太饱，那盘水果几乎没什么人动。她又端出一盘松饼，只有郑秀玄拿了一块塞进嘴里，边嚼边说：

"妈，松饼是自己做的吗？"

"对啊。"

"哎呀，真是！都叫你不要做了，刚才也正想跟你说，以后别再自己熬牛骨汤底了，那些煎饼和年糕也去市场买就好，我们家又不需要拜祖先，干吗这么大费周章？妈年纪也大了，搞得智英也辛苦。"

婆婆瞬间露出难掩失落的表情。

"这些都是煮来给自己家人吃的，怎么会辛苦？过节本来就是要这样聚在一起做菜、一起吃饭才有趣啊。"

婆婆突然转头问金智英：

"你会觉得辛苦吗？"

金智英顿时脸颊泛红，表情变得柔和，眼神也变得慈祥。郑代贤马上察觉到妻子有异，内心忐忑不安，可没等他转移话题或支开妻子，金智英就开口答道：

"哎呀，亲家母，其实我们家智英每次过完这种大节日，都会全身酸痛呢！"

霎时间，空气仿佛凝结成冰，每个人都屏住了呼吸。郑秀玄长长叹了口气，喷出白色的烟雾。

“芝，芝媛……是不是该换尿布了啊？”

郑代贤急忙抓住妻子的手，想带她离开现场，没想到金智英立刻甩开了丈夫的手。

“小郑啊，我还没说你呢！每年过节你都在釜山待上好几天，但到我家里的时候呢，屁股都还没坐热就急着走，这次可得待久一点再走啊！”

金智英又对郑代贤眨了下右眼。这时，郑秀玄的大儿子正和弟弟玩，不小心从沙发上摔了下来，放声大哭。但谁也顾不得孩子，每个人都睁大双眼、张着嘴，被金智英刚才那番话吓得目瞪口呆。眼见没有任何大人来安慰他，郑秀玄的大儿子马上止住了哭泣。郑代贤的父亲则开始训斥媳妇。

“芝媛她妈，你现在说这话是什么意思？在我们这些长辈面前干吗呢？我们和代贤、秀玄一年能见几次面？大家一起过节有这么多不满吗？”

“爸，不是这样的。”

郑代贤急忙起身，但一时间也做不出任何解释。金智英一把推开郑代贤，不紧不慢地说：

“亲家公，恕我冒昧，有句话我还是不吐不快：只有你们家人团聚很重要吗？我们也是除了过节以外，没有别的机会可以聚在一起好好看看三个孩子。最近年轻人不都是这样吗？既然你们的女儿可以回娘家，那也应该让我们的女儿回来才对吧！”

郑代贤赶紧捂住妻子的嘴，将她拉离现场。

“爸、妈、秀玄，智英她有点不舒服，真的，她最近生病了，我之后再仔细向你们说明。”

郑代贤一家三口连衣服都没换就坐上了车。郑代贤把头抵在方向盘上，懊悔不已，金智英却一副事不关己的样子，开始唱儿歌给女儿听。郑代贤的爸妈没有出来送他们，只有郑秀玄帮忙把兄嫂的行李放进后备厢里。她叮嘱哥哥：

“哥，智英说得没错，是我们疏忽了，记得别和她吵架啊，也别生气，无论如何都要对她说声谢谢，知道吧？”

“走啦，帮我跟爸好好说一下。”

郑代贤并没有生气，而是感到茫然、心烦、害怕。

郑代贤先独自去找精神科医生，说明妻子的情况，与医生讨论治疗方法，再对根本没意识到自己有问题的金智英说，她最近好像都没睡好、很疲累，建议她去做心理咨询。金智英很感谢丈夫，因为她觉得最近心情的确有点低落，凡事也提不起劲，怀疑自己是不是得了育儿抑郁症。

一九八二年～一九九四年

为什么学校要让男同学先排学号，为什么男同学总是一号，凡事也都从男同学开始，好像男孩优先于女孩是理所当然之事……就好比大家从不曾质疑过身份证上为什么男生是以阿拉伯数字“1”开头，女生则是以“2”开头一样，所有人都理所当然地接受这样的安排。

◇

金智英，一九八二年四月一日生于首尔某医院妇产科，出生时身长五十厘米，体重二点九公斤。父亲是公务员，母亲是家庭主妇。她上面有个大她两岁的姐姐，下面有个小她五岁的弟弟。他们三姐弟和爸妈、奶奶，一家六口住在一个三十三平方米的平房里，只有两个房间、简陋无门的厨房和一间浴室。

金智英最难忘的儿时记忆，莫过于偷吃弟弟的奶粉。她那年应该也就六七岁，不知为何就是觉得弟弟的奶粉特别好吃，明明也不是什么山珍海味。每次妈妈给弟弟冲奶粉时，她就会紧跟在旁，用手指蘸不小心洒在桌上的奶粉来吃。有时妈妈还会叫金智英把头向后仰、嘴巴张开，然后舀一匙奶粉倒进她口中，让她过过瘾，品尝那醇厚的奶味。奶粉在口中慢慢溶解时会变得黏稠，变得像牛奶糖一样软绵绵的，再慢慢地滑向喉咙，进入肚子里。奶粉停留在口腔里时，不干也不涩，有一种非常微妙的口感。

然而，与他们同住的奶奶——高顺芬女士——非常讨厌金智英吃弟弟的奶粉，只要发现孙女又在偷吃，就会朝她背部狠狠地拍下去，打得她措手不及，奶粉从嘴巴和鼻孔中喷出来。姐姐金恩英则在被奶奶教训过一次之后，就再也没偷吃过奶粉。

“姐，奶粉不好吃吗？”

“好吃。”

“那你为什么不吃？”

“不稀罕。”

“啊？”

“我才不稀罕，绝对不会再吃那玩意儿了。”

虽然当时金智英对“不稀罕”这个词还没有明确的概念，但她完全可以体会姐姐的心情。因为从奶奶当下责备她们的语气、眼神、脸部角度、肩膀高度以及呼吸节奏中，可以归纳出一句话——“胆敢贪图我金孙的奶粉？”奶奶绝非因为她们早已过了喝奶的年纪，或者担心弟弟的奶粉减少而教训她们，而是因为弟弟的一切都无比珍贵，不是哪个阿猫阿狗可以触碰的。金智英觉得自己好像连“阿猫阿狗”都不如，相信姐姐一定也有相同的感受。

刚蒸好的一锅米饭，以爸爸、弟弟、奶奶的顺序先盛是再自然不过的事情；形状完整的煎豆腐、饺子、猪肉圆煎饼，也都会理所当然地送进弟弟嘴里，姐姐和金智英只能捡旁边的小碎屑来吃；弟弟的筷子、袜子、卫生衣裤、书包和鞋提袋，永远都是成双成对的，但姐姐和金智英的这些物品总是凑不成一对。要是有两把雨伞，一定是弟弟自己撑一把，姐姐和金智英两人合撑一把；要是有两条棉被，也一定是弟弟自己盖一条，姐姐和金智英两人合盖一条；要是有两份零食，同样也一定是弟弟自己吃一份，姐姐和金智英两人合吃一份。其实当时还年幼的金智英，并不会羡慕弟弟的特殊待遇，因为打从他们一出生，受到的就是差别对待。虽然偶尔会觉得有点委屈，但她早已习惯这一切，并主动做出合理化的解释：因为自己是姐姐，所以要让着弟弟，并和自己性别相同的姐姐共享所有物品。母亲经常说因为姐弟之间年纪相差大，所以她和姐姐既懂事又很会照顾弟弟，但也因为如此，两姐妹更没有理由跟弟弟争宠。

金智英的父亲在四兄弟中排行老三，大哥还没结婚就出车祸去世了，二哥很早就成了家，带着一家人移民美国生活，最小的弟弟则因为遗产分配及高龄父母的赡养问题，与金智英的父亲大吵过一架，两人从此不再往来。

金智英的父亲那一辈，许多人因为战争、疾病、饥饿而不幸丧命，能不能存活下来都是问题。而在那段岁月，奶奶不仅替人种田、做生意、做家务，就连自己家也打理得很好，咬牙苦撑，好不容易养大了四个儿子。而爷爷这辈子从未徒手抓过一把泥土，始终养尊处优，既没有养家的能力，也没有那份责任心。但是奶奶从未对爷爷有过任何怨言，她真心认为，丈夫只要不在外偷腥，不动手打妻子，就已经是不可多得的好男人。然而，如此辛苦地一手带大的四个儿子，最终只有金智英的父亲善尽儿子的本分。奶奶则用一套令人难以理解的谬论，安慰晚年如此悲惨不堪的自己。

"幸好我生了四个儿子，所以才能像现在这样吃儿子煮的饭，睡儿子烧的炕，真的至少要有四个儿子才行。"

虽然真正在煮饭、烧炕、铺棉被的人，都不是奶奶的宝贝儿子，而是她的媳妇——金智英的母亲吴美淑女士，奶奶却总是当着大家的面如此夸赞自己的儿子。而那些看似开明、对媳妇疼爱有加的婆婆，也往往会发自内心地为媳妇着想，把"要生个儿子啊，一定要有个儿子才行，至少要有两个儿子……"这些话挂在嘴边。

老大金恩英刚出生时，母亲将她抱在怀里，不停地哭着对奶奶鞠躬道歉："妈，对不起……"当时奶奶安慰媳妇说："没关系，第二胎再拼个男孩就好了。"

后来金智英出生了，母亲依旧抱着襁褓中的婴儿不停地哭泣，低头对金智英说：“孩子啊，妈对不起你……”这次奶奶依旧安慰着媳妇：“没关系，第三胎再生个男孩就好了。”

金智英出生后不到一年，第三胎就报到了。母亲当时梦见一只体形巨大的老虎破门而入，躲进她的裙摆，于是深信这胎肯定会是个男婴。然而当初负责接生金恩英和金智英的妇产科医生婆婆，却面露难色地用超声波机器来回照母亲的肚子好几次，小心翼翼地说：

“小孩……真漂亮啊……可以凑成三姐妹了……”

母亲回到家后泣不成声，甚至哭到把肚子里的食物统统吐了出来。不知情的奶奶隔着厕所门，语带欣喜地对媳妇祝贺道：

“我看你之前生恩英和智英的时候都没害喜啊，这次怎么吐得这么厉害？看来这胎和她们俩不太一样呢！”

母亲躲在厕所里好一阵子不敢出来，继续流着泪，不停作呕。某个夜深人静、孩子都已熟睡的夜晚，母亲对辗转难眠的父亲开口问道：

“孩子她爸，万一啊，我是说万一，现在我肚子里的这胎又是女儿，你会怎么办？”

虽然母亲内心还是存有一丝期待，希望父亲可以对她说：“你问的这是什么问题，无论儿子还是女儿都一样宝贝。”但是父亲不发一语。

“嗯，你会怎么办呢，孩子她爸？”

父亲翻过身，面向墙壁躺着，答道：

“少乌鸦嘴了，别净说些触霉头的话，快睡吧。”

母亲紧咬下唇，努力压低音量。她哭了一整晚，把枕头全哭湿了。隔天早上，她的双唇因为整晚紧咬，肿得无法闭合，不停地流着口水。

当时政府正在实施节育政策。从十年前开始，只要是基于医学上的理由，都可合法执行终止妊娠手术。当时只要确定怀的是女婴，仿佛就足以构成“医学上的理由”，鉴别胎儿性别与将女婴堕胎的情况数不胜数[1]。这样的社会风气在二十世纪八十年代持续蔓延，到了二十世纪九十年代初期，性别失衡的情况更是达到巅峰，第三胎以后的出生性别，男婴明显比女婴多了一倍[2]。

母亲独自一人前往医院，默默地将金智英的妹妹“拿掉”了。虽然这一切都不是母亲的选择，却得由她全权负责。当时她身心俱疲，身边没有一个安慰她的家人。医生婆婆紧紧握住母亲的手，频频向她道歉，她则像个失去孩子的猛兽般号啕大

1 资料来源：《机率家族》，第五十七至五十八页，二〇一五年，朴在宪等人合著；《时事 IN》第四一七期《厌恶女性的根源是？》。

2 资料来源：统计厅的“出生顺序出生性别比”资料。

哭。幸亏有医生婆婆对她说的那句对不起，她才不至于哭到伤心欲绝、失去理智。

几年后，母亲再度怀上孩子，因为是男婴，才得以顺利诞生。那个男婴就是比金智英小五岁的弟弟。

当时，金智英的父亲是公职人员，还不至于有工作或收入不稳定的问题，但光凭父亲一个人的薪水养活一家六口确实吃紧。尤其是随着三姐弟逐渐长大，只有两个房间的家也开始显得拥挤。母亲希望可以搬去大一点的房子，让两个女儿能和奶奶分房住。

母亲虽然不像父亲一样有固定上下班的工作，但她一个人得照顾三个孩子和一名老母亲，又要全权负责家中大小事，与此同时，还得不断寻找可以赚钱打工的机会。不只母亲，家里经济状况不甚理想的那些妈妈大体如此。当时非常流行保险阿姨、养乐多阿姨、化妆品阿姨等，凡是带有“阿姨”两个字的工作，都属于常见的家庭主妇兼职。由于大部分工作都不是由公司直接雇用，要是在工作中遇到纠纷或者受伤，都得自行处理[1]。而金智英的母亲则选择从事家庭代工，也就是在家进行的

1　资料来源：《没被记录的劳动》，第二十一至二十九页，二〇一六年，金时刑等人合著。

劳动，比如剪线头、组装纸箱、粘信封袋、剥大蒜、卷门窗密封条，种类繁多，数不胜数。年幼的金智英也经常在母亲身边帮忙，通常负责收集碎屑和倒垃圾，或者帮忙盘点数量。

其中最令人头痛的工作项目就是卷门窗密封条。这是专门用来贴在门窗缝隙间、以泡棉材质制成的细长形贴纸。尚未裁切、包装的贴纸会由货车运来，金智英母亲的工作是将其裁切，卷成两组圆形，放进小袋子里包装好。然而，实际卷纸时，得先将封条轻放在左手虎口处，用右手卷成圆形，在此过程中虎口很容易被盖在胶水上的那面纸割伤。尽管已经戴了两层布手套，母亲的手依旧布满大小伤痕，再加上密封条的尺寸较大，于是垃圾也多，泡棉和胶水的刺鼻气味更经常难闻到使人头痛，但这份工作的工资较高，实在令人难以拒绝。随着母亲承接的数量越来越多，这份工作也越做越稳定。

好几次父亲已经下班回家，母亲还在忙着卷密封条。当时还是小学生的金智英与金恩英，就坐在母亲身旁，边玩边写作业，偶尔帮帮母亲。年幼的弟弟则拿着泡棉块和包装塑料袋边撕边玩。工作量实在很大时，母亲甚至会把密封条堆放在房间一隅，在好不容易腾出来的地板上摆桌子、吃晚餐。某天，父亲加班到深夜，比平时还晚到家。他看见孩子们都还在玩密封条，终于忍不住第一次对母亲抱怨。

“你一定要在孩子旁边做这些味道难闻、灰尘又多的工作吗？”

母亲原本正在快速收拾的手和肩膀顿时停住，接着便开始将四散一地已经包装完成的密封条统统放进纸箱内。父亲跪坐在地，把乱七八糟的泡棉和纸张碎屑扫进大垃圾袋里，说道：

“对不起啊，害你这么辛苦。”

父亲说完便叹了口气，那一瞬间，他的背后仿佛被巨大的黑影所笼罩。母亲搬起一个又一个比自己身形还要大的箱子，放到家中的过道里，然后将父亲身旁的地板清扫干净。

“不是你害我辛苦，是我们两个人都辛苦。不用对我感到抱歉，也别再用一个人扛着这个家的口吻说话。没有人要你那么辛苦，也不是只有你一个人在扛。”

话虽如此，自此之后，母亲还是婉拒了卷门窗密封条的工作。专门负责载送密封条的卡车司机还语带惋惜地念叨着“怎么手最巧、最有效率的人反而不做了”。

“也是，以恩英妈妈的手艺，卷密封条实在太可惜，你不妨去学美术或者手工艺，一定很厉害。”

母亲摆手笑着说：“都这把年纪了，还学什么才艺呢。”当年母亲才三十五岁，虽然她嘴上这么说，但司机先生的这番话，似乎也在她心里埋下了种子。母亲拜托恩英照顾妹妹智英，最小的儿子则拜托奶奶照顾，自己开始补习，但不是学美术或手工艺，而是学理发。因为没人规定一定要有执照才能帮人剪头发，所以母亲在学了一些基本的剪烫技术后，就开始以经济实惠的价格帮社区里的小孩和长辈理发。

母亲的理发生意很快红火起来，街坊邻居口耳相传，认为母亲的手真的很巧、很有天分，面对客人也很有交际能力。她会用自己的口红和彩妆为刚烫好头发的婆婆、妈妈们化妆；帮小朋友剪头发时，也会顺便连带他们的弟弟妹妹，甚至孩子母亲的刘海也一并免费修剪。她使用的烫发剂定价故意比社区理发厅的高一些，还刻意把烫发剂上的广告文案大声地念给客人听。

“看到了吗？绝不刺激头皮，含天然人参成分。我现在可是把这辈子从未吃过的天然人参涂抹在您的头皮上哟！”

金智英的母亲就这样慢慢地攒了许多现金，也从未缴过一毛钱的税给政府。虽然她曾惹来同行的阿姨嫉妒，觉得客人都被她抢走，两人甚至互扯头发，吵得不可开交，但是多亏她平日待客有方，客人都站在她这边。后来两人适度划分客户群，互不踩线，才得以在社区和平共存。

金智英的母亲吴美淑女士，上有两名哥哥、一名姐姐，下有一名弟弟，兄弟姐妹长大后纷纷离乡。听说老家数代皆以种稻为业，所以家境还算不错。但是随着韩国的社会结构从传统农业社会快速转型成工业化社会，人们不再仰赖农业维生。金智英的外公当时跟一般的农村父母一样，将孩子统统送往都市，却没有足够的资金供每个小孩读那么多书。都市里不仅房价和生活费高昂，学费也是贵得离谱。

母亲读完小学，就开始帮家里务农，直到十五岁那年决定北上首尔。当时，长母亲两岁的姨妈已在首尔清溪川旁的一家纺织工厂上班，母亲也应征上了同一家工厂，于是便和姨妈、两名工厂姐姐蜗居在七平方米大的宿舍内。工厂里的女同事几乎都和金智英的母亲年纪相仿，学历、家庭背景也都差不多。年纪小的女工以为职场生活本就如此，每天都睡不好、吃不饱，也无法好好休息，整天只能埋首工作。纺织机散发的热气令她们热得难受，只能尽量将已经短到不行的迷你裙制服往上拉，即使如此，手臂和大腿间依旧汗如雨下，有些人甚至因为现场总是弥漫着一片白色灰尘而罹患肺病。然而，她们每天吞下一颗又一颗提神丸，脸色发黄，没日没夜地工作所赚来的微薄薪水，大部分都用来给家中的哥哥或弟弟交学费，因为那个年代的人认为“儿子要担负起整个家，男丁有出息才能为全家增光”，家中的女儿也很乐意牺牲自己资助兄弟[1]。

---

1 资料来源：《机率家族》，第六十一页，二〇一五年，朴在宪等人合著。

金智英的大舅毕业于地方城市的国立医科大学，在母校的附属医院工作了一辈子，二舅则是警察局长，直到退休。母亲为两名认真好学、事业有成的兄长深感自豪，也引以为傲，经常向工厂里的朋友炫耀自己的哥哥们。在两个哥哥都有经济能力之后，她继续供养小舅，也多亏她的资助，小舅才得以顺利从首尔师范大学毕业。虽然如此，被夸赞充满责任心、一肩扛起了整个家的却是身为长子的大舅。直到那时，母亲与阿姨才真正意识到，原来在以家人为名的范围内，机会永远轮不到她们。母亲和阿姨在很久之后才开始在工厂附设学校学习，白天工作，晚上上课，好不容易才拿到初中文凭。母亲后来又苦读高中课程，参加同等学力资格考试，最终才在小舅顺利当上高中老师那年，拿到了高中文凭。

金智英就读小学时，有一次班主任在她的日记本里写了一句话，母亲的视线停留在那句话上面许久，默默地说道：

“我本来也想当老师的。”

原以为母亲生来就是母亲的金智英，听到这句话，感觉太不可思议，不禁扑哧一笑。

“我是说真的，我上小学时你外婆还说家里五个小孩里面我最会读书，比你大舅的成绩还要好呢！”

“那你为什么没当老师？”

“因为要赚钱供两个哥哥读书啊，那时候每个家庭都这样，当时的女孩子都是这样过日子的。”

“那现在当老师不就行了？”

“现在要赚钱供你们读书啊，哎呀，都一样啦，现在的妈妈们也都是这样过日子的。”

原来母亲对自己的人生、对自己因为育儿而放弃梦想感到遗憾。一时间，金智英觉得自己宛如一块体积虽小却奇重无比的石头，紧紧地压住母亲的裙角，使她无法继续向前。金智英感到有些自责，母亲似乎察觉到她的难过，默默地用手顺了一下她的头发，将其整齐地塞往耳后。

金智英小时候就读的是一所规模很大的小学，需要穿过大街小巷，走上二十分钟才能到达。一个年级至少有十一个班，最多十五个班，一个班通常有五十名学生。金智英入学前，学校甚至要分成上午班和下午班，才有办法应付那么多的学生。

对于没有上过幼儿园的金智英来说，小学是她接触的第一个小型社会，整体来说适应得还算不错。适应期一结束，母亲就把金智英交由大她两岁、就读同一所小学的姐姐金恩英照顾，叫她带着妹妹一起上下学。姐姐每天早上都会按照学校课程表帮妹妹准备教科书、笔记本、备忘本，在画着“魔法公主”图案的铅笔盒内放入四支削好的铅笔和一块橡皮擦；要是老师特别叮嘱要准备劳作用品，姐姐也会先向母亲领取零用钱，再带着金智英到学校对面的文具店购买。也因此，金智英从未走失或迷路过，每天都在姐姐的陪同下顺利抵达学校。上课时都会乖乖地坐在座位上，也从未在学校尿湿过裤子。她将黑板上的注意事项统统抄写在备忘本上，听写测验也都拿到了一百分。

金智英在学校遇上的第一个难关是邻座男同学的恶作剧。这也是许多女同学都有过的经历，但对于金智英来说，邻座男同学对她的所作所为已经到了霸凌的程度，根本无法用恶作剧或开玩笑来形容。她感到十分煎熬，除了向姐姐和母亲哭诉外别无他法。然而，姐姐和母亲没能帮她解决问题，姐姐只说男孩子都这么幼稚，劝妹妹不要理会；母亲则认为不过是同学开个玩笑，何必认真，还回来哭诉，反而把金智英训了一顿。

不知从何时起，坐在金智英邻座的男孩，开始动不动找她麻烦。不论在坐回座位、排队，还是准备背书包时，他都会假装不小心撞一下金智英的肩膀；在学校与金智英擦肩而过时，也会故意靠近她，稍微用力地用手臂去撞她；跟金智英借铅笔、橡皮擦、尺子等文具后，用完不会马上归还，金智英向他要回时，他还会故意把东西丢到远处或者坐在屁股下，有时甚至要赖说自己根本没有借。有一次在课堂上，两人就是因此起争执而一起被老师惩罚。尔后，金智英便不再借文具给那个男孩。但他的恶作剧并没有就此停止，反而变本加厉。他开始挑金智英的语病，嘲笑她的穿着，把她的书包和室内鞋收纳包放在莫名其妙的地方，害她经常找不到自己的东西。

某个初夏，金智英因为脚一直流汗，于是脱下室内鞋，把脚踏在桌子下的木板上听课。邻座的男孩一脚将她的鞋踢了出去，鞋子沿着教室走道滑到了讲桌前，全班同学哄堂大笑。老师涨红了脸，怒气冲冲地拍着讲桌喊道：

“这是谁的室内鞋？”

金智英当时实在太害怕，顿时愣住不敢承认，虽然是她的室内鞋，但她一直在等着邻座的男孩先自首，承认是他踢出去的。然而，那个男孩可能也被老师的反应吓到了，低着头一言不发。

“还不赶快承认！难道要我一个个检查吗？”

金智英用胳膊肘推了推男孩，低声说：“是你踢的啊。”男孩把头低得更深，低声回答：“可不是我的鞋啊。”老师再次拍了一下讲桌。不得已之下，金智英举手了。她被叫到讲桌前，在全班同学面前狠狠地被老师责骂了一顿，老师以第一时间没有承认为由，给她冠上种种罪名，说她是懦弱、说谎的小孩，是占用同学宝贵上课时间的时间小偷。金智英早已哭得一把鼻涕一把泪，找不到任何辩解、解释的机会。就在那时，教室里传出某个同学低低的声音："那不是金智英踢的。"原来是坐在走道旁最后一排的女同学。

"那的确是金智英的室内鞋，但不是她踢出去的，我看见了。"

老师面露错愕，问那名女同学：

"什么意思？那是谁踢的？"

女同学面有难色，不发一语，默默地看向了罪魁祸首。老师和同学们纷纷将视线转向女孩所看的位置。坐在金智英邻座的男孩这才吐露了实情。于是老师用比刚才教训金智英还要大一倍的音量和长一倍的时间，面红耳赤地痛骂了那名男同学一番。

"你之前是不是也一直欺负她？老师全都看在眼里，今天回家以后，把你欺负金智英的所有行为统统给我写下来，一个也不能漏！明天交过来。老师都知道你对她做了哪些坏事，所以别想糊弄我。记得要回家和妈妈一起写，写完还要妈妈签字，听见没有？"

男孩心想这下完了，要回家等着被母亲修理了。他垂头丧气地走回家，金智英则被老师留了下来。

金智英原本还担心老师又要骂她什么，没想到老师竟真诚地对她说了声抱歉，说自己理所当然地以为是鞋子的主人搞的恶作剧，在还没查明事情缘由的情况下就责备她，实在太不明智了，以后会注意，并承诺不会再发生类似情况。听完老师的这番话，金智英渐渐释怀，忍不住再次潸然泪下。老师询问她是不是有什么话想说，还是有什么事需要帮忙，她哭到泣不成声，勉强啜泣着回答道：

“请……呜呜……老师……帮我换其他同学坐我旁边，然后……呜呜……我再也不要和他……呜……坐在一起了。”

老师拍了拍她的肩膀，说道：

“不过智英啊，老师早已看出来了，难道你还没看出来吗？他是因为喜欢你啊。”

金智英感到不可思议，瞬间止住了眼泪。

“他才没有喜欢我，您不是也看到了他怎么欺负我的吗？”

老师笑了出来。

“男孩子都是这样的，越是喜欢的女生就越会欺负她，老师会再好好地劝劝他，希望你们可以趁这次机会和好，不要在有误会的情况下换去和别的同学坐。”

原来邻座男孩喜欢我？欺负我表示喜欢我？金智英越听越糊涂了。她快速地在脑海中回想过去发生的每一件事，但始终无法理解老师所说的话。如果真的喜欢一个人，不是应该更温柔体贴吗？不论是对朋友、家人，还是家里养的猫猫狗狗，都应当如此，这是连八岁的金智英都知道的常识。回想至今被他欺负的种种就已经够委屈了，现在自己甚至成了误会同学的坏孩子，金智英摇摇头说：

“不要。我非常非常讨厌他。”

隔天，老师帮金智英安排了新座位，换到因为个子在全班最高，总是独自坐在最后一排的男同学旁边。金智英和他从未起过任何冲突。

到了小学三年级，一个礼拜有两天得在学校吃营养午饭，对于吃饭速度较慢的金智英而言，那两天的午饭时间简直是煎熬。由于金智英就读的学校是营养午饭示范小学，也是附近学区里最先提供营养午饭的，校内有一大间整洁的学校餐厅。每到午饭时间，学生就会按照自己的学号排队进餐厅用餐，但由于餐厅的规模不足以容纳所有学生，得赶紧吃完让位给其他同学。

当其他先吃完的同学像脱缰的野马在操场上尽情地奔跑时，金智英还在用汤匙舀着一口又一口的米饭，努力地往嘴巴里塞。尤其是她三年级的班主任绝不允许学生拿太少或者没吃完。用餐时间还剩五分钟时，老师会起身巡逻，查看每个还没吃完饭的学生，用汤匙敲餐盘，嗒嗒嗒，嗒嗒嗒，催促他们赶快吞咽，指责他们为什么慢吞吞的。老师越催促，学生就越着急，仿佛吞下去的米饭卡在喉咙里，咳咳咳，难以下咽。心急如焚的孩子只好将米饭和菜统统塞进嘴里，配着白开水囫囵吞下。

全班四十九名同学中，金智英的学号是三十号。当时是从男同学开始排学号，一号到二十七号全是男同学。女同学则以生日排序，从二十八号排到四十九号。幸好金智英是四月生日，所以领到餐还算早，其他生日较晚的女同学，几乎都要等到学号靠前的同学吃完准备起身，才能拿到自己的食物坐下来吃饭。因此，大部分被老师责骂吃太慢的都是女同学。

某天，老师身体不适，心情也很差，偏偏值日生又没把黑板擦干净，于是全班同学被叫起来罚站，还突然抽查指甲。金智英急忙将两手伸进书桌抽屉里，很快用剪刀将指甲随意修整了一番。吃饭总是最慢的几名同学那天也吃得胆战心惊，老师愤怒地用汤匙敲打着同学的餐盘，盘里的饭粒和小鱼干都快弹到学生脸上了。几名同学最终再也忍不住，嘴里含着满满的食物放声大哭。那几个吃了一肚子委屈和眼泪的学生，在打扫教室时不约而同地聚集在教室后方，用简短的词语、眼神、手势交流，决定在行完下课礼以后，到荣进市场里一间老奶奶开的辣炒年糕店集合。

大伙儿一凑在一起便开始抱怨。

“他摆明了就是拿我们当出气筒，从早到晚都在挑我们的毛病，找我们麻烦。”

“没错。”

“一直在旁边叫我们赶快吞，反而更吞不下去。”

“我们又不是故意慢慢吃或不认真吃，是本来就吃得慢，到底要我们怎样？”

金智英也深有同感。老师的行为确实不对，虽然她无法明确指出到底是哪里有问题，但也觉得老师不应该这么做。或许因为她不习惯表达自己的想法和内心情感，导致这些埋怨不像其他同学一样脱口而出。她只是默默地坐在一旁点头附和。这时，和她一样沉默不语的一名女同学柳娜突然开口说道：

“不公平。”

柳娜继续冷静地说：

“每次都按照学号吃饭，太不公平了，我看要请老师重新制订吃饭的顺序。”

她的意思是要去跟老师反映吗？这种话真的可以对老师说吗？这个念头在金智英心中一闪而过，但不久又觉得，如果是柳娜去说应该不成问题，因为她功课很好，母亲还是育成会[1]

1　现今“家长会”的前身，监督学校、教师的团体。——译者注

会长。到了礼拜五班级会议时间，柳娜真的举手向老师提出了建议。

“老师，我认为应该改变吃午饭的顺序。”

她双眼直视老师，条理分明地诉说着：“要是按学号领营养午饭，学号较靠后的同学就会比其他同学晚领到午饭，自然也会吃得比其他同学慢。而每次都是从一号同学开始领，对于学号靠后的同学来说有失公平，所以建议老师定期调整同学们的用餐顺序。”老师虽然依旧面不改色、保持笑容，但可以察觉到他的嘴角微微地抽动着。顿时，教室里弥漫起一股紧张气氛，宛如橡皮筋已经拉到极限，随时都会断裂。明明对老师说这番话的人是柳娜，不知为何金智英也感到莫名紧张，不自觉地一直抖腿。然而，与柳娜四目相望许久的老师，突然笑了一声，说道：

“好吧，那就从下礼拜开始颠倒顺序，从学号四十九号开始领营养午饭，每个月这样轮一次。”

瞬间，学号靠后的女同学高声欢呼。从那之后，虽然用餐的顺序改变了，但餐厅里的气氛并没有太大变化。老师依旧讨厌学生吃饭太慢，还是一样会紧迫盯人，到老奶奶的辣炒年糕店聚会的成员中，仍有两名吃饭速度垫底的同学。由于金智英的学号比较靠中间，每个月不论怎么调换顺序，对她来说都没有太大差异。但她总觉得吃太慢就会输给其他同学，每次都卖力地把食物往嘴里塞，好不容易才成功脱离吃饭速度垫底的群体。

她得到了微小的成就感。向拥有绝对权力者抗议自认不当的事情，并因此获得改善，这对柳娜、金智英，以及学号靠后的所有女同学来说，都是一次难得的宝贵经验。她们稍微有了一点批判性意识和自信，但直到那时，她们都还不明白，为什么学校要让男同学先排学号，为什么男同学总是一号，凡事也都从男同学开始，好像男孩优先于女孩是理所当然之事。永远都是男同学先开始排队、先出发、先报告、先被检查作业，女生们对此时而感到庆幸，时而感到无聊，却没有人质疑过这样的顺序安排，只是默默等候着什么时候轮到自己；就好比大家从不曾质疑过身份证上为什么男生是以阿拉伯数字“1”开头，女生则是以“2”开头一样，所有人都理所当然地接受这样的安排。

从小学四年级起，开始由同学自行投票选出班长，每学期一次。从四年级到六年级，三年内总共进行过六次投票，但金智英的班级六次选出的班长都是男生。虽然许多老师会特别挑出五六位聪明伶俐的女同学，请她们帮忙处理班上的杂事或检查同学作业、统计考卷分数，还经常把“果然还是女孩比较聪明”挂在嘴上，同学间也一致认同女同学的功课比男同学好，做事比较细心。但不知为何，每到班长选举投票时，大家还是一定会选男同学当班长。这不是金智英才有的特殊经历，当时大部分班级的班长的确由男同学担任。金智英犹记自己刚升上初中那年，母亲看到报纸上的新闻吃惊地说道：

“最近小学有很多女班长呢，居然超过百分之四十[1]。我看等我们恩英和智英长大，说不定还会冒出个女总统呢。”

也就是说，至少在金智英就读小学时，女班长根本不到一半，而且相较过去已经大幅增长过了。同时，不论出于老师指定还是同学自愿，卫生委员不约而同总是由女同学担任，体育委员则是由男同学担任。

金智英小学五年级时，全家人搬入一栋新落成的临街独栋建筑。房子位于三楼，室内有三房一厅（客厅兼餐厅）和一套卫浴，比起之前住的地方，空间大了一倍，便利性也有过之而无不及，这都要归功于父亲的薪水加上母亲的收入积少成多。母亲事先仔细地比较过各家银行推出的金融商品及其利率与优

---

1 资料来源：《韩民族日报》：《谁说女生不能当全校学生会会长》，一九九五年五月四日。

惠，把钱投资在理财型储蓄[1]、购房储蓄存款、特别存款上，也和一些社区值得信赖的阿姨标会[2]，借此赚了不少钱。可后来阿姨和远亲纷纷邀请母亲跟会时，母亲断然拒绝了她们的邀约。

“最不值得信任的人就是远房亲戚，我可不想最后搞得人财两失。”

他们先前住的房子因为断断续续的整修和装潢，奇妙地混搭了复古风和现代风。原本是庭院的位置铺上了木质地板，变成客厅兼厨房，但是没有暖气设备；整齐铺设瓷砖的浴室，因为没有洗手台和浴缸，得先把水接在一个超大的塑胶桶里，再用水瓢舀来洗脸、洗头、洗澡。而设有坐式马桶的窄小厕所，则独立于大门外，为了上厕所还得走到户外。不过，新家的卧室、客厅和厨房都装了取暖设施，厕所和浴室也设置在屋内，回家后再不必像以前那样换外出鞋到其他地方上厕所。

他们姐弟也终于有了各自的房间。最大的那间由父母和年纪最小的弟弟使用，第二大的房间由金智英和姐姐共享，最小的房间则由奶奶独享。虽然父亲和奶奶提议让两姐妹和奶奶同住一间，弟弟独自住一间，但母亲的态度十分坚决，认为总不

1　从每个月的薪水扣掉一定金额进行储蓄，许多大企业和部分中小企业都有这项服务。——译者注

2　是一种历史悠久的民间信用融资行为，带有合作互助形式。——编者注

能让年事已高的奶奶一直和两个孙女住在一起，应该要让奶奶有自己的房间，可以舒适地睡觉、收听广播、听佛经。

“儿子都还没去上学呢，干吗需要自己的房间？反正晚上肯定会睡到一半抱着被子跑来找我们。儿子啊，你想要自己睡还是跟妈妈睡？”

七岁的老幺奋力地摇了摇头，表示绝对绝对不要自己睡。最后也如母亲所愿，姐妹俩拥有了属于她们的房间。据说母亲为了布置女儿的房间，另外偷存了一笔私房钱。她买了两组一模一样的书桌，并排靠在采光良好的窗边，还买了新的衣橱和书柜，靠两侧墙面摆放，又添置了两组单人寝具，包含棉被、毛毯和枕头，还在墙上贴了一张超大的世界地图。

“你们看，首尔在这里，根本只是个小点！我们现在就住在这个小点里呢。就算去不了每个国家，也要知道世界原来这么大啊。”母亲对姐妹俩说。

一年后，奶奶过世了，她的房间成了弟弟的房间。但弟弟还是有好长一段时间会半夜醒来，抱着棉被跑去母亲身边。

一九九五年～二〇〇〇年

她就是在这样的教育下长大的——女孩子凡事要小心，穿着要保守，行为要检点，危险的时间、危险的人要自己懂得避开，否则问题出在不懂得避开的人身上。

◇

金智英就读的初中离家只有步行十五分钟的路程，姐姐也和她读同一所初中。姐姐入学时，那所学校还不是男女合校，而是女校。

直到二十世纪九十年代，韩国还是出生性别比例严重失衡的国家。在金智英出生那年，也就是一九八二年，平均每 100 名女婴出生，相应会有 106.8 名男婴出生。到一九九〇年，男女比例甚至高达116.5：100[1]，自然出生的男女婴性别比例，则维持在（103~107）：100。当时学校内男同学已经偏多，未来人数显然只会更多，但是男生能够就读的学校并不够。在男女合校的学校里，男生班是女生班的两倍，在同一所学校里性别比过度失衡也是一大问题。再说，让学生放弃离家近的学校，特地大

1 资料来源："人口动态件数及动态率推测"，韩国统计厅。

老远地跑去读某所女中或男校也不合理。于是，在金智英入学的那年，学校改成了男女合校，由此开始，几年内其他女中和男校也相继转型成男女合校。

那是一所很普通的学校，一所又小又旧的公立初中。操场很小，学生跑百米时得顺着对角线跑才行，建筑墙面的油漆也经常剥落。老师对服装的规定很严格，对学生也十分严厉。根据金智英的说法，学校变成男女合校以后情况更为严重，女生的制服裙子长度一定要超过膝盖，也不能露出臀部和大腿曲线；夏季制服的白衬衫因为很容易透，规定内里要穿着圆领无袖白汗衫，不能擅自改穿细肩带背心或白色T恤，不允许穿有颜色或带有蕾丝的款式，衬衫里只穿内衣更是万万不可。此外，女同学夏天一定要穿肤色丝袜配白色短袜，冬天则要穿上学生专用的黑色丝袜，不可擅自更换成半透明的黑丝袜，也不可以在外面多加袜子；不能穿运动鞋，只能穿皮鞋。在寒风刺骨的冬天，却只能穿一双丝袜，还要套上不保暖的皮鞋，可想而知双脚会多么冰冷，冷到让人想哭。

然而，男同学除了不可以把裤管修改得过宽或过窄，其他不符合校规的穿着，老师通常会睁一只眼闭一只眼。男生在夏季白衬衫内可以穿白色背心或棉质圆领衫，有时甚至会在里面穿灰色或黑色等有颜色的圆领衫，要是觉得热，还可以解开几颗纽扣，中午或下课休息时间也经常只穿一件T恤在校园内活动。他们可以穿各种款式的鞋，譬如皮鞋、运动鞋、足球鞋、慢跑鞋，都不成问题。

有一次，一名女同学穿运动鞋走进校园，在校门口被教官拦了下来。她向教官抗议，为何只允许男同学穿运动鞋和棉质圆领衫，结果老师以男同学时时刻刻都需要运动为由，这样回答：

"男孩子整天跑跑跳跳的，下课十分钟都不会乖乖地待着，一会儿踢足球，一会儿又要打篮球、打棒球，甚至玩跳马背，怎么可能叫他们整天穿皮鞋、衬衫，还得把扣子扣到最上面呢？"

"您以为女孩子是讨厌这些规定所以才故意不遵守吗？是因为真的很不方便啊！穿裙子又穿丝袜还要配皮鞋，实在不方便，我上小学时也是每到下课就和同学一起玩跳马背、跳橡皮筋、跳格子啊，从来没有乖乖地坐着呢。"

最终，这名女同学因为服装不合格，加上态度不佳，不知悔改，被教官惩罚要学鸭子走操场。教官特别叮嘱，蹲着走很容易走光，记得要把裙摆抓牢，但是这名女同学从头到尾都没有理会裙摆，每走一步就会被人看见裙底风光。走完操场一圈以后，教官不得不中断体罚。另一名同样因为服装不合格而被叫到办公室的同班同学问她为何不抓紧裙摆，她答道：

“我就是要让他亲眼看看这身衣服有多不方便。”

虽然在那之后，校规依旧没有任何更改，但不知从何时起，教官和老师对女同学穿棉质圆领衫和运动鞋也渐渐放宽标准，不再百般刁难。

学校对面有个出了名的暴露狂，多年来都在固定时间、固定场所出没。他是本地人，每次都会选在一大清早学生准备进校园时，敞开身上仅穿的大衣，让一丝不挂的身体呈现在女同学面前，而他只要看见女学生吓得花容失色、惊声尖叫、四处逃窜，就会兴奋不已；下雨天时，他则会选在一处空地暴露自己，那块空地正好是从女生班二年级八班教室窗户看出去最醒目的地方。金智英升上初中二年级以后，刚好被分配到八班，看见自己的名字被排在八班的女同学都面露错愕，也有人随即咯咯直笑。

早春时分，新学年才开始不久，前一晚春雨绵绵，上午白雾依旧弥漫。第三节课下课后，班上的大姐头坐在教室最后一排，倚着窗向外眺望。她突然发出一声“哟呼”，分不清是在揶揄还是欢呼。班上几个比较爱玩、不爱读书的女同学也都凑到窗边，对外高喊：“大哥！再来一次！再来一次！”然后捧腹大笑。金智英的座位离窗较远，她坐在座位上，伸长了脖子，却什么也没见着。她其实很好奇，但又觉得要是跑过去凑热闹也太害羞，实在没勇气亲眼看那暴露狂的裸体。后来她听坐在窗边的同学说，那名暴露狂在同学们的鼓噪下，反而更加充满自信，像是要报答学生们的热情欢呼般，摆出了更多出人意料的姿势。

正当教室里处于一片混乱时，班主任突然从前门走了进来。

“刚刚在窗边喊叫的那几个，出来！全部给我出来！”

坐在窗边的同学一个接一个地走到教室讲台前。她们向老师辩解自己只是坐在位子上，没有喊叫，也没有看窗外。于是老师自行从那几名同学中选出五名最常惹事的，带回办公室。第四节课时，她们集体遭受体罚，还写了悔过书，直到中午才回到教室，而这五人之中也包括大姐头。她回到教室后，朝窗外“呸”一声吐了口口水。

“有错的人应该是那爱脱、爱露的家伙吧，我们到底哪里做错了？居然不是去抓那死变态，而是叫我们悔过反省，反省个屁！今天又不是老娘我站在那里脱光给人看。”

其他同学纷纷转头窃笑，大姐头又朝窗外连吐了几次口水，但好像还是难解她心头之恨。

从那天起，原本总爱迟到的悔过书五人组，突然变成班上最早到的一群人。只不过，通常整个上午她们都趴在书桌上昏昏欲睡。虽然她们突如其来的转变显得不太寻常，但因为没有特别不当的行为，老师也拿她们没办法。不久后，该来的终究还是来了。某个早晨，大姐头与暴露狂正好在巷子里狭路相逢，当时躲在大姐头身后的其他四名成员瞬间朝暴露狂飞扑而上，用早已备好的晒衣绳和皮带将他捆绑制伏，拖去附近的派出所交给警察处理。后来在派出所里发生了什么事，暴露狂又落得什么下场，就不得而知了。总之，从那以后，再没有人见到暴露狂。而那五名同学也因此被学校记过，一周不得听课，得在办公室旁的学生会办公室里写悔过书。有时老师们经过还会敲一记她们的额头，说：

“女孩子怎么这么不知羞耻，把学校的脸丢光了，真是不要脸！”

大姐头通常会在老师离开后低声说一句“妈的”，朝窗外吐口口水。

金智英的初潮是在初中二年级来的，相较于同龄人不算早也不算晚，她的姐姐也是在初中二年级才来月经。金智英从小就和姐姐体形相近，就连饮食偏好都差不多，两个人的成长速度也一致，所以长期以来，金智英都是接着穿姐姐穿过的衣服，也早有预感会在初二那年来月经。金智英冷静地从姐姐的书桌下第一格抽屉里取出一片天蓝色包装的卫生棉，并告诉姐姐她来月经的事。

“唉，看来你的好日子也过完啦。”

金恩英不假思索，脱口而出。金智英不晓得该不该对家人说这件事，也不知道该如何开口，于是金恩英代替她告诉了母亲。母亲得知此事后，没有任何表示。这天父亲说他会晚点回家，米饭又不够所有人吃，母亲与三姐弟决定晚餐煮泡面吃，顺便把剩饭一并泡进汤里。当母亲端出装满泡面的锅子和四副碗筷时，弟弟抢先把自己要吃的面盛进碗里，金恩英见状朝弟弟的头狠狠地敲下去。

“欸，你自己把面都夹走，那我们吃什么？还有，要等妈妈先盛才对吧，你怎么这么没大没小？”

金恩英在母亲的碗里盛满了面、汤和完整的一颗鸡蛋，再把弟弟碗里的面夹走一半，装进自己碗里。母亲于是将自己碗里的面再次分给弟弟。金恩英再也看不下去了，大声吼道：

“妈！您就吃吧！以后干脆全部分开来煮，一锅煮一包，每个人只吃自己的！”

“你什么时候这么关心妈啦？不过是泡面而已，有什么好小题大做的，一锅煮一包，那谁来洗那么多锅子？你要洗吗？”

“我洗就我洗啊，洗碗、打扫这些事我都会做，折衣服也难不倒我，智英也会做这些事。在我们家里，只有一个人不做家务。”

金恩英怒气冲冲地看向弟弟。母亲则摸了摸弟弟的头说道：

“他还小嘛。”

“哪里小？我从十岁就开始帮智英准备学校用品，还看着她写作业呢。我们在他这年纪不仅会拖地、洗衣服，还自己煮泡面、煎荷包蛋来吃。”

“他是老幺嘛。”

“什么老幺！我看是因为他是儿子吧！”

金恩英“啪”的一声把筷子拍在桌上，转身走进自己的房间。母亲百感交集，看着紧闭的房门，不免长长地叹了口气。金智英一心只想着那锅面放太久会不会坨掉，又不敢轻举妄动，只好一直察看母亲的脸色。

“要是奶奶在世，肯定会臭骂你大姐一顿：‘哪有女孩打男孩头的！’”

老幺一副事不关己的样子，自顾自吸着面条，于是又被金智英敲了一下头顶。母亲没有特别去哄大女儿，也没有对金智英生气，只默默地舀了一匙泡面汤到她碗里。

“以后要多吃点热的，衣服也要记得穿暖了。”

金智英听说有些同学的爸爸得知女儿初来月经，送了一束花给她们；有些同学则是和家人一起切蛋糕来庆祝。但大部分女同学只会把这件事情与母亲、姐姐或妹妹分享，甚至将月经视为某种麻烦、疼痛、羞于启齿的秘密——金智英的家庭也不例外。母亲似乎也认为这是一件不该说出口的事情，甚至避开直接谈论，只含蓄地舀一勺热腾腾的泡面汤给金智英，表示关心。

那天晚上，金智英带着焦虑不安的心情躺在姐姐身旁，她回想着晚餐时发生的事情，关于月经与泡面、泡面与儿子、儿子与女儿以及家务。几天后，姐姐送了她一个手掌大小、附有拉链的帆布包，里面装有六片中型卫生棉。

瞬间吸收、有蝶翼这些类型的卫生棉，都是几年后才逐渐普及的。当时购买卫生棉都会用黑色塑料袋包起来带回家，卫生棉上的背胶也很不牢固，经常粘不住内裤，甚至还会挤成一团，吸收力也不佳。晚上睡觉时尽管再怎么小心翼翼，还是免不了翻身时经血外漏，早上醒来经常会发现衣服、被子上沾有血迹，尤其夏天穿着轻薄衣物时，血迹更是清晰可见。每当金智英早上睡眼惺忪地起床准备上学时，她来回穿梭在厨房与客厅之间，洗脸，刷牙，吃早餐，母亲总会被她身上沾着的经血吓得惊慌失措，急忙戳着她腰暗示她快去更换，而她就会像犯了什么滔天大罪似的，仓皇地逃进房间。

比起经期的各种不便，更令她难以忍受的是痛经这件事。虽然她早已从姐姐那里听说，多少有些心理准备，但是每到生理期第二天，经血量就会变得特别多，胸部、腰部、下腹部、骨盆和臀部，甚至是大腿，都十分肿胀酸痛，仿佛有人在用力拉扯或扭曲这些部位一样。虽然学校医务室会提供热敷袋，但由于装满热水的红色热敷袋体积实在过大，还有股很浓的橡胶味，金智英总觉得敷着那个东西好像在到处宣传自己正处于生理期，感觉不是很好；要是吞一颗对头痛、牙痛、痛经都有效的止痛药，则会引发恶心、头晕等副作用，所以还不如干脆硬撑着。毕竟是每个月都会有的事，每次又都会拖上好几天，要是习惯性地依赖药物，想必也不是什么好事。

金智英一只手扶着下腹部趴在房间的地板上，另一只手在写作业，嘴里还念念有词："我实在不能理解……这世上有将近一半的人每个月都要经历这件事，要是哪家制药厂能开发出有效又没副作用的生理痛专用止痛药，肯定会发大财的啊。"姐姐递了一个装满热水、包裹着毛巾的矿泉水瓶给她。

"就是说啊，都什么时代了，癌症能治疗，心脏也都能移植了，居然连个专治痛经的药都没有，真是的！难道药效发挥在子宫里会出什么大事吗？还是说这里是不容侵犯的圣地啊？"

姐姐指着自己的下腹部说。金智英抱着热水瓶咯咯笑着。

后来，金智英转学到一所离家十五分钟车程的女子高中，并在一家要搭半个小时公交车才能到的知名补习班补习，周末则经常搭一个小时的公交车到大学附近的商圈吃喝玩乐。自从升入高中，她的生活圈瞬间扩大，才发现原来不仅世界极其广大，就连变态也极其繁多。在公交车或地铁上经常有不经意的咸猪手擦过你的臀部和胸部，也有一些变态者会明目张胆地紧贴着你的大腿或背部磨蹭；还有那些补习班哥哥、教会哥哥、家教哥哥，会莫名其妙地把手搭在你的肩膀上，顺着你的后颈向下滑，眼睛还不时地盯着你的衣领和衬衫纽扣之间。然而，女孩子往往只是选择回避、逃离现场罢了，从不敢吭声。

就算是在校园内也不能让人放心，因为总有男老师喜欢捏女同学手臂内侧较细致的肉，拍她们的屁股，或者手在她们背部的内衣扣环处上下滑动。金智英读高一时，班主任是一名五十几岁的男老师，他总喜欢拿着一支伸着食指的“爱的小手”，每到检查制服名牌时，他就会假借检查之名，戳女学生胸部，甚至在检查制服时也会掀开女学生的裙摆。有一次，早会结束后，班主任不小心把那支拍子留在了教室讲台上，于是经常被检查制服名牌的一名大胸部女同学便走向讲台，狠狠地把那支“爱的小手”摔在地上，一阵猛踩，将它踩得支离破碎，然后忍不住情绪崩溃。坐在教室前排的同学赶紧将散落一地的拍子碎片捡起，扔进垃圾桶，坐在她邻座的同学则不停地安慰着她。

相较于其他需要打工的女同学，金智英还算幸运，只需往返于学校和补习班。那些身处打工环境里的女同学，遇到过太多会借故接近她们的老板，不是以穿着或工作态度需要改进为由，就是以打工薪水作为要挟，甚至有客人自以为付了钱除了能买到商品，也能顺便买到性骚扰年轻女孩的权利。这些女同学的内心深处早已逐渐累积了对男人的恐惧和幻灭，但她们尚未察觉。

某天，补习班开设了一堂特别讲座。金智英听完课程和讲座之后，早已是深夜。她站在公交车站牌下打着哈欠等车。突然，一名男同学向她打招呼：“你好。”她看了对方一眼，觉得虽然有点面熟，但并不认识，心想应该是一起补习的同学，于是尴尬地点了点头，作为回应。而原本站在离她三四步远的男同学，随着夹在两人之间的其他乘客逐一搭车离开，悄悄地移动到她身旁。

“你搭几路公交车呢？”

“啊？干吗？”

“感觉你好像期待有人送你回家似的。”

“我？”

“嗯。”

“没有啊，没有，你先走吧。”

金智英很想问对方“你是谁？你认识我吗？”，但是直觉告诉她最好不要跟对方说那么多，她故意转开视线，望向马路上闪烁的车灯。终于，她等的车来了，她假装没看见，刻意等到公交车临关门的最后一刻，才赶紧跳上车。没想到，那名男同学也紧跟其后追了上来。金智英频频通过车窗反射的影子偷看那名男同学的背影，只要一想到对方应该也在通过车窗看自己，她就不寒而栗。

“同学，你还好吗？哪里不舒服吗？来，这里给你坐。”

一名看起来像是上班族的女子，满脸倦容地将自己的座位让给吓得冷汗直流、脸色惨白的金智英。金智英为了向她求救，紧抓对方的指尖，不停地向她使眼色。她没有领会到金智英的求救暗号，反而一直询问：

“身体很不舒服吗？是要我带你去医院吗？”

金智英摇着头，为了避开男同学的视线，她刻意把手放到下面，举起大拇指和小指，比出电话筒的手势。女子来回看了看金智英比出的手势和表情，歪头思索了一会儿，便从包包里取出手机，悄悄递给了她。她低着头，遮挡住手机屏幕，赶紧发了条短信给父亲："我是智英，快到公交车站接我，拜托。"

公交车快要抵达家门口的车站时，金智英急迫地望向车窗外头，却不见父亲的身影。那名男同学就站在她身后。车门终于开启，虽然她当时非常害怕下车，但夜那么深了，她也无法刻意坐过站绕去其他陌生的社区。她在心里默念、祈祷着："拜托不要跟来，不要跟来，不要跟来……"她下了车，站在四下空无一人的站牌前，男同学也紧跟其后下了车。下车的人只有他们俩，偏僻的公交车站旁就连一名路人都找不着，甚至路灯还出了故障，周围一片漆黑。男学生紧贴在吓到全身僵硬的金智英身后，低声说：

"你每次都坐我前面啊，还会笑着传讲义给我，每天都会在教室走廊面带微笑地对我说，'我先走了！'怎么今天却把我当成色狼呢？"

金智英吓傻了。她根本不知道坐在后座的人是谁，传讲义时自己又是用什么表情面对别人，也不记得对挡在走廊上的人说了哪些话，还请对方借过。就在这时，原本驶离的公交车突然停了下来，刚才那名上班族女子跳下车喊道：

"同学！同学！你忘了这个！"

女子将原本自己围着的围巾拿在手上，一边挥着一边朝金智英跑去，那围巾一看就不像高中生金智英围的。男同学见状骂了一句："两个臭婊子。"快步离开现场。女子跑到站牌下，金智英也瞬间跌坐在地，放声大哭。这时，父亲才从巷子里气喘吁吁地跑了出来。金智英对女子和父亲简单解释，说那名男生是补习班的同学，但自己对他毫无印象，感觉他是自作多情误以为金智英对他有好感。他们三人并排坐在车站前的长椅上，等待下一趟车到来。父亲对女子表示，自己因为临时跑出门，身上没带一分钱，本应该帮她拦辆出租车才对，实在不好意思，希望日后能有机会好好答谢。女子挥了挥手，说：

"出租车更可怕呢。这位同学好像吓得不轻，您多安慰安慰她吧。"

但是金智英那天回到家以后，反而被父亲严厉地斥责了一顿，为什么偏要去那么远的补习班补习，为什么要跟陌生人说话，为什么裙子那么短……金智英就是在这样的教育下长大的——女孩子凡事要小心，穿着要保守，行为要检点，危险的时间、危险的人要自己懂得避开，否则问题出在不懂得避开的人身上。

后来母亲主动联络了那名女子，表示不管是出租车费，还是小礼物，哪怕是一杯咖啡、一袋橘子也好，希望能向她表示谢意，但她最终还是婉拒了母亲的谢礼。金智英觉得应该亲自向女子道谢，于是再度打通了电话，女子表示幸好没发生什么事，也安慰金智英，告诉她："这不是你的错，这世上有太多奇怪的男人，是那些人有问题，绝对不是你的问题。"听完这番话的金智英突然悲从中来，泪流满面。女子在电话那头又补充道："但你要相信，这世上好男人更多！"

最后，金智英决定不再去那家补习班上课，有好长一段时间，只要入夜，她便不再靠近那个车站。她的脸上不再有笑容，和陌生人连眼神都避不交会。她害怕所有男性，在楼梯间和自己的亲弟弟相遇都会不自觉地尖叫，每次在这种时候，她就会想起女子曾对她说的那句话："不是你的错，这世上有更多的好男人。"要不是这句话，她恐怕要花更长时间才能走出这段阴影。

原以为与自己无关的亚洲金融风暴，居然波及金智英的家庭。身为公职人员的父亲，照理说应该是捧的铁饭碗，裁员、提前荣退这些事情，仿佛只会在金融界或大企业里出现，没想到在公务员之间也掀起了一股组织调整风潮，父亲惨遭主管劝退，希望他可以主动请辞。父亲的同事各个都吃了秤砣铁了心，无论如何都要死赖着不走，撑到最后一刻。父亲亦如此，但心中依旧忐忑不安。虽然之前薪水不多，但至少每个月的收入都很稳定，他一直很自豪，可以用微薄的薪水养活一家人。尽管他一如往常地认真工作，脚踏实地，没有做错任何事，但生活还是出现危机，这是令他最感错愕又彷徨失措的。

当时金恩英刚好就读高三，尽管家里的气氛降到冰点，她还是不受周围环境影响，努力守住课业成绩。虽然她的成绩没好到名列前茅，但是整个高三那年，她的成绩节节提升，最后得到了她自己也满意的联考成绩。

母亲小心翼翼地询问大女儿，要不要选填一所位于地方城市的师范大学，这是母亲苦思许久才想出的办法。因为眼下情况是老一辈人已经被社会淘汰出场，而年轻一辈则还没投入职场、找到工作。原以为退休后会有保障的父亲也变得饭碗不保，下面还有金智英和弟弟要抚养，经济却持续低迷。母亲希望金恩英可以为自己，也为家人选择一所毕业后较容易找到安稳工作的大学就读，更何况师范大学的学费也比其他大学便宜。但是当时公务员和教师早已是热门行业，进入师范大学的门槛创下历年来新高，以金恩英的联考成绩，虽然可以顺利进入首尔的大学，但要挤进首尔的师范大学根本无望。

金恩英的梦想是成为电视制作人，当然早已想好要填大众传播的相关志愿，也已按照自己的成绩列出有机会考上的学校，并找出这些学校往年的论述考试[1]资料来阅读。因此，当母亲提议就读师范大学时，金恩英连一秒钟都没有考虑，便断然表示不愿意。

“我不想当老师，我有自己想做的事，而且我也不懂为什么要跑去离家那么远的地方读大学。”

“你要想远一点啊，还有什么工作比当老师更适合女生的？”

“当老师有什么好的？”

“早下班啊，还有寒暑假，又容易有休假，等你以后有了孩子还要上班就会知道，没有比这更好的工作了。”

“这确实是一份能兼顾小孩的工作，那应该对所有人来说都是好工作才对，为什么只有对女生来说是好工作？孩子难道是女人自己生的吗？妈，你也会对儿子说这些话吗？你也会劝弟弟去读师范大学？”

金恩英和金智英姐妹俩，从小到大从未听人说过要她们找个好老公、嫁进好人家、当个好妈妈、会做饭这些话，当然，她们也的确从小做过很多家务，但那只是单纯帮父母分担家务而已，她们认为这是身为儿女本来就应该做的，并非因为自己是女孩才要学做这些。随着姐妹俩年纪渐长，父母亲最常叨念

1 韩国的大学联考在每年十一月进行，考完的周末是各大专院校各自举办的论述考试。——译者注

她们的也只有两点：一是生活习惯或仪态，例如走路要抬头挺胸，把书桌整理干净，不要在灯光昏暗的地方看书，书包要整理好，要跟长辈问好之类的；二是叫她们去读书。

这年头似乎已经不再有父母认为女孩不用读书，或少读一点也无所谓，女孩和男孩一样穿制服、背书包去上学，早已是天经地义的事；女孩也和男孩一样思考着自己的出路，规划自己踏入社会后的未来，并努力竞争，只求能在这社会中生存。两姐妹成长的那个年代，刚好赶上女权意识抬头、女性地位提升，社会风气是鼓励并支持女性的。金恩英二十岁那年，也就是一九九九年，政府制定了禁止性别歧视的相关法案，而在金智英二十岁那年，即二〇〇一年，国家行政机关则出现了“女性部”[1]，但是每到关键时刻，“女性”的标签就会默默地遮住人们的双眼，转移人们的脚步，使人走回头路，这总是令人感到惊讶、困惑。

“更何况我连自己会不会结婚生子都不知道，噢，说不定在那之前先没了小命也不一定，干吗非得想那么远，反而不能做现在真正想做的事呢？”

---

1 资料来源：女性家族部官网。现已更名为女性家族部。此行政机构与中国台湾的“行政院性别平等会”相似，主要负责女性相关政策，成立于二〇〇一年，二〇〇五年六月扩张改组成“女性家族部”。——译者注

母亲转头望向贴在墙上的那张世界地图，一言不发地凝视许久，地图的边边角角早已被磨得老旧泛黄，上面贴有几张绿色和蓝色的爱心贴纸。那是金恩英当初把原本要用来装饰日记本的贴纸送给金智英，建议她把想去的国家标示出来，最后金智英把贴纸贴在了美国、日本、中国等大家耳熟能详的国家，金恩英则把贴纸贴在丹麦、瑞典、芬兰等北欧国家。母亲问她为什么想去那些国家，金恩英答道："感觉那边韩国人比较少。"对那些贴纸背后的含意，母亲也心知肚明。

"好吧，是妈不对，我不应该出那主意的，先把论述考试准备好再说。"

母亲说完转过身。

金恩英突然叫住母亲："是因为学费比较低的关系吗？还是因为未来出路比较有保障？因为毕业后马上就能赚钱吗？爸的工作都已经难保了，下面还有两个小的弟弟妹妹要养，是吗？"

"是啊，多少也因为这些因素，但这些原因只占一半，另一半主要还是我觉得教师是很不错的职业。不过现在我改变主意了，我同意你的说法。"

母亲诚实地回答了女儿的提问，金恩英没再说话。

金恩英找了一些小学教师的资料，与升学指导老师也面谈过好几次。亲自走访了一所位于地方城市的师范大学后，她买了一份该大学的志愿表带回家。这次反而是母亲劝她三思，因为母亲自己就曾为家人和手足放弃过梦想，比谁都明白那些委屈。不知从何时起，母亲与舅舅几乎不再往来，当初牺牲小我完成大我的后悔与埋怨日渐加深，最终，那份心理伤痛也搞砸了家人之间的关系。

金恩英向母亲解释，自己绝不是什么牺牲，她重新思考过电视制作人这份工作，发现自己并不了解这个职业，只是怀有不切实际的憧憬，准确地说，具体工作内容是什么她都不知道。其实从小她就很喜欢给弟弟妹妹念故事书，指导他们写作业，也很喜欢一起做手工，所以觉得自己的性格应该更适合当老师。

“的确就像妈所说的，老师是个不错的职业，早下班，有寒暑假，稳定，最主要是要去教那些小毛头，多酷啊！当然，可能很多时候都是在吼叫也不一定。”

金恩英把志愿单递进了那所她亲自走访过的师范大学，最后顺利被录取了，也幸运地抽中了学校宿舍。那年，金恩英还未满二十岁。母亲在难掩内心喜悦的女儿面前，叮嘱了一些她根本听不进去的话，教了她一些简单的生活自理方式，便返回家中。母亲趴在空荡荡的金恩英的书桌前，放声大哭，懊悔自己不该让那么年轻的金恩英独自离家生活，应该让她去读自己真正想读的学校，不应该把女儿的一生变得跟自己一样……她已经分不清到底是在心疼女儿，还是在心疼当年的自己。

“姐姐是真的想去上师范大学，她每天都抱着学校手册睡觉呢，你看，都被她摸得皱巴巴的了。”

金智英清楚地知道，只有这么说才能给予母亲一点安慰。

母亲接过那本学校手册，看着页角折痕处已经被金恩英翻得快要剥离脱落，才终于止住了眼泪。

“真的呢。”

“妈，你都养她快二十年了，难道还不知道她的性格吗？姐是那种会勉强自己去做不喜欢做的事情的人吗？她是真的喜欢才做这个决定的，所以妈也别再自责了。”

母亲的情绪明显缓和了许多，神情也逐渐开朗，她走出房门，独留金智英自己在房间内。没有姐姐的房间显得有点陌生、冷清，但金智英非常高兴，终于可以独自使用这个房间，她开心得仿佛要飞上天一样，躺在地板上滚来滚去，高声欢呼。这是她第一次拥有属于自己的房间，她甚至希望可以马上把姐姐的书桌搬出去，改放一张床在那里，能够睡床一直都是她的心愿。

金恩英选填的大学志愿，对全家人来说都是非常有利的。

父亲最终选择了提早荣退。剩余的人生还很漫长，世界却出现了极大改变。办公室里每个人的座位上都逐渐摆上了计算机，但父亲只会用两只手的食指一一敲打键盘。他早已到可以领国民年金[1]的年纪，工龄也符合领取年金的规定，父亲想趁还可以领大笔退休金时，赶紧开始自己的第二人生。尽管如此，老大才刚上大学，下面还有两个孩子要养，父亲却选在这个节骨眼离职，就算是涉世未深的金智英，也看得出这是个风险极高的决定。金智英对父亲的决定有些不安，但是出乎意料地，母亲反而对这件事没有发表任何意见，不担心，不责怪，也没有劝阻父亲。

领到退休金的父亲决定自己做生意，和他一起退休的同事提议一起从事与中国的贸易。父亲听此建议，决定把大部分退休金投进去。母亲这才表示极力反对，不愿再坐视不管。

“孩子他爸，你过去抚养我们一家人已经够辛苦了，谢谢你，现在开始好好享福吧，干脆去游山玩水，别再提什么中国贸易了，连中国的‘中’字都别说，你要是投资，我马上跟你离婚。”

金智英的父母虽然不常对彼此表达爱意，但每年一定会两个人单独出国，也经常深夜出门看午夜场电影，或者小酌几杯再回家。他们在孩子面前从未吵过架，每当家中需要做重大决定

1　国民年金是韩国的养老保险，扣除比例为工资的 4.5%。——编者注

时，母亲就会小心翼翼地提出自己的意见，父亲在大部分情况下也会听从母亲的意见。两人结婚二十年来，父亲一意孤行所做的第一件事便是选择退休，接着在不了解当前经济形势的状态下，就想要贸然经商，两人之间开始出现前所未有的情感裂痕。

两人关系依旧紧绷的某天，父亲准备外出，在衣橱里翻找着某样东西，他问母亲："那个在哪里？"母亲默默地从衣橱的抽屉里取出一件靛蓝色针织毛衣递给他。"还有那个，那个在哪？"母亲又帮他找出一双黑色长袜。"再给我那个……"母亲帮他戴上手表，开口道：

"比你自己还要了解你的人是我，你有其他更擅长的事情，所以还是打消那中国贸易的念头吧。"

父亲最终真的放弃了那项事业，决定好好开店做生意。母亲将当初为投资买下的公寓转手卖掉，赚到了一些房价上涨的差价，加上父亲的退休金，她用这些钱买下一个新盖的商住两用大楼中位于一楼的店面。其实以这店面的价格而言，地段并不算很好，也不沿街，但母亲似乎还是认为有投资价值，因为周围的老旧住宅正在改建成社区型公寓，而且既然要做生意就得有店铺，与其每个月付租金或买还要交附加费的二手房，不如干脆买新店面。

父亲经营的第一家店是韩式炖鸡专卖店，当时有一家连锁炖鸡专卖店正流行，于是父亲选择加盟，刚开业就吸引了许多客人，甚至出现排队的长龙，生意好得不得了；然而，没过多久那股热潮就慢慢消退了。父亲的生意虽然不至于惨赔，却也没赚到什么钱，最后关门了事。后来，他又开了一家炸鸡店，名义上是炸鸡店，实际却是贩卖酒精饮品的酒馆，每天都要营业到凌晨。早已习惯朝九晚六的父亲，因为长时间熬夜工作而急速衰老，没过多久，便以健康为由草草收场。此后他又开了第三家加盟的连锁面包店，没想到才开业不久，附近便陆续进驻了类似的店，甚至在父亲的店的正对面，又出现了一间同品牌的加盟店。同质性商店过多，导致大家的生意都一样惨兮兮，不久后，开始有一两家面包店撑不下去，纷纷关门大吉。没有店租压力的父亲还算撑得久，但随着附近进驻了一家规模较大的咖啡厅，里面还兼卖面包之后，父亲也不得不承认这门生意依旧以失败收场。

金智英念高三那年，也和姐姐念高三时一样，家里的经济陷入困境，父母亲为负担孩子将来所需的开销疲于奔命，反而无力顾及他们当下的状态。金智英的校服都是自己洗，也会顺便帮弟弟洗，便当也是她自己做，自己带；她还会监督弟弟读书，顺便做功课，就这样度过了高三。虽然她有时也会感到心力交瘁，很想放弃一切，但是姐姐不断地鼓励她，说上大学之后会自然瘦下来，也会交到男朋友。姐姐上大学后的确瘦了不少，还交了男朋友，这对金智英来说是很大的激励。

等真的顺利考完联考，她才意识到自己的学费父母能否负担的问题，于是趁母亲暂时回家为两个孩子准备晚餐时，提到了担心父亲健康、生意、剩余存款的话题。虽然她的确担心母亲会不会聊着聊着突然崩溃痛哭，或者趁这机会叫她自己想办法筹学费，但母亲最终只用一句话安抚了她焦虑不安的心。

“先考上再说吧。”

后来，金智英考上了一所位于首尔的大学，就读人文学科。当时家人当中没有一个人有余力关心她选填的志愿，所以这是她自己深思熟虑后做的决定。大学总算考上了，接下来她又开始担心起钱的问题，母亲很坦白地对她说，至少一年的学费是有的。

“要是一年后家里还是像现在这样，就看是把房子还是店铺卖了，一年后应该也不用太担心钱的问题。”

高中毕业典礼那天，姐姐带金智英和两名朋友一起去喝酒，那是金智英人生中第一次喝醉酒，初尝的烧酒滋味出乎意料地甜，所以不知不觉连喝好几杯，最后醉得不省人事。姐姐几乎是把金智英扛回家的，父母亲只是把姐姐说了一顿，没再多说什么。

二〇〇一年～二〇一一年

社长很清楚这份工作压力有多大，与婚姻生活尤其是需要育儿的生活绝对难以并行，所以才会认为女职员不能胜任，而且他也没打算调整公司员工福利，因为他认为，与其为撑不下去的职员补足相关福利使其撑下去，不如把资源投到撑得下去的职员身上更有效。

◇

金智英虽然下定决心，上了大学要认真读书，领奖学金，但现实并不如她想象中的那么容易。尽管第一学期她每堂课都出席，作业也按时交，非常认真地温习功课，最后却只拿到 C，分数落在二点几分[1]。反观高中时期，她的成绩属于中上游，有时不小心考砸，只要再打起精神好好读书，下次就一定能拿到好成绩。然而，大学同学基础相近，要想脱颖而出相对困难，加上没有参考书和分析试题的习题辅助，金智英毫无头绪。

“混吃等死的大学生”这种说法早已过时，如今几乎找不到整日酗酒玩乐、全然放弃人生的大学生，大部分人都会认真管理自己的学习成绩，加强英文实力。不仅要去企业实习，还忙

1 韩国大学成绩一般分为 A+、A、B+、B、C+、C、D+、D、F 九个等级，A+ 是 4.5 分，A 是 4.0 分，B+ 是 3.5 分，B 是 3.0 分，C+ 是 2.5 分，C 是 2.0 分，D+ 是 1.5 分，D 是 1 分，F 为 0 分。——译者注

于打工赚钱，金智英甚至对姐姐说："对大学的幻想和憧憬都没了。"结果姐姐回她："少在那里胡言乱语了。"

金智英周围的同学经常谈论初、高中时期父亲突然遭公司解雇或经商失败的事情，然而，就在经济依旧不景气、学生需要打工赚钱、父母的工作也未见好转的情况下，原本因亚洲金融风暴而冻涨的学费，突然像是要把过去没赚到的钱统统赚回一样大幅上涨。自二〇〇〇年起，韩国大学的学费以物价上涨率的倍数跳涨[1]。金智英进入大学后第一个认识的同学，甚至刚读完一年级便选择休学，听说从她家到首尔要搭三个小时的大巴，当初一心只想逃离父母，努力苦读才考上首尔的大学。虽然那位同学平时并不多说自己的私事，不太清楚其休学理由，但据金智英所知，她几乎没有接受任何父母的经济支援，因为她曾经对金智英说，不论兼职打多少份工，都赚不够学费、交际费、住宿费和生活费。

"下午去补习班教完课，晚上还要去咖啡厅打工，回到住处洗完澡都已经凌晨两点了，再开始准备论述课或批改孩子们的作业，弄完才能打个盹，一早又得起来上课。即便中间没有排课时，你也知道我都在打工，说实在的，我每天都累得跟狗一

1　资料来源：韩联社：《不寻常的学费斗争》，二〇一一年四月六日。

样，经常在课堂上不小心睡着。我真的万万没想到，居然会因为赚学费而把大学生活搞得一团糟，包括成绩也是，唉，真是够了。”

她说她要返乡好好赚一年钱再回来读书，除了钱以外，好像说再多安慰与鼓励的话，对她来说都没什么用，所以金智英选择沉默不语，静静地聆听这位朋友诉苦。她身高一米六左右，上大学后瘦了十二公斤，体重勉强维持在四十公斤上下，“不是都说上大学后一定会瘦吗？”她仿佛听到天大的玩笑话似的拍手大笑。她身上穿的灰色大衣袖口早已松脱变形，从那宽大袖口里穿出的纤细手臂，还可见明显凸出的腕骨。

相较之下，金智英的大学生活要幸福许多，她可以住在家里，不必申请助学贷款，一周只要帮母亲找来的学生上四个小时家教课即可。她的成绩虽然并不理想，但就读的专业科目十分有趣。由于还没想到毕业后的具体出路，所以也广泛地参加系学生会及各种校内社团，就算不像自动贩卖机一样投入钱币就能立即获得成果，那些活动也不全然无意义。金智英因为常常忙得没时间思考，个性比较没主见，总是沉默寡言，而以为自己是内向的人，没想到参加这些社团活动以后，她发现原来自己是个很乐于交朋友、和朋友相处、喜欢在别人面前表现的人，甚至在登山社交到了第一个男朋友。

那名男同学和金智英同岁，每次登山时都会帮助落后于队伍的金智英，学长学姐也经常把他俩凑成一组，朝夕相处下，自然越走越近。也多亏交了这个男朋友，金智英人生中第一次去了棒球场和足球场，尽管她对比赛规则不是非常了解，但不知道是因为现场观众气氛热络还是有男友在身旁，那两场比赛她都看得非常开心。男友还特地在比赛开始前为她简单讲解了主要选手与比赛规则的重点，但在观看过程中，两人只专注于赛事情况。金智英问男友："为什么不在比赛过程中为我讲解？"

"你在看电影时也不会对我解说每一句台词、每一个场景，不是吗？在比赛过程中一直不断对女生讲解的那种男生，该怎么说呢，感觉有点显摆，不知道到底是来看球赛的还是来炫耀自己很懂比赛规则的，总之，我不是很认同就是了。"男友答道。

他们在电影社团里也经常一起去看免费电影，而影片的挑选则全权交由金智英负责，男友对任何电影类型都感兴趣，不论是恐怖片、爱情片，还是古装片、科幻片，他都喜欢。看电影时，男友比金智英的情绪更充沛，更容易捧腹大笑，也更容易痛哭流涕。每次只要金智英称赞男主角很帅，就会打翻男友的醋坛子；男友也会把金智英喜欢的电影记下来，搜集电影原声带，刻成光盘作为礼物送给她。

两人的约会地点几乎都是在学校，一起去图书馆读书，一起在计算机教室里写作业，闲来没事就一起坐在操场旁的阶梯上。他们在学生餐厅里买饭，在学生会馆大楼新开的便利店买零食，在旁边的咖啡厅买咖啡。有时碰上特殊节日，两个人还会事先存好钱，到高级日式料理店或西餐厅用餐庆祝。每当金智英向男友介绍自己小时候看的漫画、畅销小说或热门影视剧，他都会听得津津有味，不时还会叮嘱金智英，至少跳跳绳也好，要她做点运动。

母亲听说面包店对面新盖的大楼里即将进驻一家附设住院病房的小儿科医院，于是说服了再也不愿加盟任何连锁店的父亲，重新开了家连锁粥品专卖店。后来对面那栋大楼里真的开了一家儿童医院，占据了二楼到八楼。也幸好医院里的餐点似乎不怎么好吃，许多家长会跑来店里外带粥品，也会趁往返医院的路上随便吃碗粥垫垫胃。就在那段时间，附近社区也差不多住满了人，对于年轻家长来说，外食已经稀松平常，平日里会看见许多家庭一起出门吃晚餐；有年幼子女的家庭，则因小孩能吃的外食选择不多，也成了粥品店的常客。从那时起，父母的收入变得比父亲退休前还要多，而且是多到不能相提并论。

金智英后来才知道，母亲当时已经在附近社区买下一间一百三十九平方米的公寓，多亏粥品店经营得还不错，之前原本还有一些银行贷款，最后也顺利还清了。母亲顺便把之前住的那栋平房卖掉，领到一笔闲钱。金恩英毕业后回到首尔，也和家人一起搬进了新公寓。她放弃了地方城市的加分优待，选择在首尔参加教师资格考试，也顺利考上了。

父亲难得和之前的老同事见面，几杯黄汤下肚，面带醉意地回到家中。他在客厅里大声喊着三姐弟的名字。弟弟戴着耳机在听音乐，根本没察觉到父亲回来；早已熟睡的姐妹俩，也过了一阵才走出房间。父亲掏出钱包，一把抓出里面的现金和信用卡交给儿女。母亲打着哈欠从卧房里走出来，责怪父亲怎么如此反常，大半夜的把家人全都叫醒。

“我今天放眼望去，只有我过得最好，就是这样！我的人生走到今天已经算成功了！辛苦你们啦！我们都过得还算不错啊！”

原本向父亲提议要从事中国贸易的那位前同事，最后赔光了所有的退休金；还在当公务员的前同事，以及像父亲一样离职后自行创业的其他前同事，也都收入微薄、入不敷出。唯有父亲的生意最好，住的房子也最大，再加上一个女儿是老师，另一个女儿在首尔读大学，还有个可以依靠的小儿子，大家都十分羡慕他。正当他一脸得意地挺着胸膛靠坐在沙发上时，母亲双手抱胸，开始调侃父亲。

“明明粥品店是我说要开的，这间公寓也是我买的，孩子们是自己读书长大的，你的人生走到现在的确已经算成功，但这绝对不是你的功劳，所以以后要对我和孩子们更好，听见没有？看你这浑身酒气，今天你就睡客厅吧。”

“是，当然！一半都是你的功劳！小的听命！吴美淑女士！”

“什么一半，少说也是七比三好吗？我七，你三。”

母亲再次打了个长长的哈欠，父亲对唯一的儿子提议一起睡，却因浑身酒气遭拒。不过，他的心情似乎完全不受影响，连澡都没洗就卷着被子倒卧在客厅中央，睡得不省人事。

金智英的男友在读完大二后便要入伍，她已经见过男方父母，还送男友到新兵训练营，哭得一把鼻涕一把泪。男友才进去不到几个月，她便难敌强烈的孤单感，写了连信封袋都快装不下的厚厚一沓信寄给男友，却又莫名地因为感到愤怒而故意不接男友的电话。原本个性温和、行事稳重的男友，面对金智英的改变与冷漠不知所措，开始对女友抱怨连连，好比上紧的发条突然绷断一样。他觉得自己在虚度光阴，明明是人生最宝贵的时光，却什么事也做不了，于是变得抑郁、焦虑、愤怒。

难得碰上休假，两人也只有刚见到彼此的时候浓情蜜意，过不多久便开始起口角，导致每次休假都在吵架。

最后，金智英提出了分手，男友则出人意料地冷静地表示：“知道了。”但是每次只要休假，他就会在外喝到烂醉，打数百通电话给金智英；每到凌晨也会发信息问她睡了吗，甚至在粥品店门口吐得满地都是，直接倒卧在地蜷缩着身子呼呼大睡。附近店家也都谣传，这家粥品店老板的二女儿趁男友当兵时提分手，所以男友经常逃离军营出来喝酒闹事。

虽然分手后去参加社团活动难免有些尴尬，但金智英偶尔还是会去探望社团成员，尤其是特别照顾学妹。因为那是个男同学特别多的社团，许多女同学入社后常常感到不适应，或者露个脸之后就从此消失。金智英希望自己可以像车胜莲一样，当初自己多亏有车胜莲的关照，才对登山社产生热情，她也想当个温暖待人的学姐。

登山社里的男同学将女同学视如珍宝，总是以万绿丛中一点红来形容她们，宛如服侍公主般悉心呵护，不准她们提重物，午饭、聚会等场所也交由女同学决定，举办社团郊游时尽管只有一名女同学，也会把最大最好的房间让给她。然后再自夸，说社团得以顺利运作，都是因为有他们这些稳重、力气大、可以一起自在相处的男生。社长、副社长、秘书长都是男生，经常和女子大学合办活动，后来金智英才得知，原来社团内还有男同学专属的毕业派对。车胜莲经常表示女生不需要特别待遇，希望大家可以一样叫女同学帮忙做事，一样给予机会，不要只让女生决定午饭吃什么，而是让女生也可以当当社长。但通常大家都会敷衍了事，一笑置之。只有一名加入社团九年、最认真参与社团活动的博士生学长，每次都会说：

“你要我说几次才明白呢？女生不能当社长，这职位对你们来说太辛苦了。你们只要乖乖地待在这个社团，对我们来说就是莫大的力量。”

“我不是为了增加学长的力量而来参加登山社的，学长如果需要力量，可以吃中药补补身体。虽然我真的很想退出这个社团，但我看倒不如干脆在这里赖着不走，无论如何都要待到选出女社长的那一天。”

结果直到车胜莲毕业，都没有出现女社长。后来听说，有一个和她相差十岁的学妹真的当上了登山社的社长。车胜莲得知这个消息时，反而语气淡然地表示：“果然十年江山移啊。”

金智英虽然不及车胜莲的社团出席率高，但是一直定期参加社团活动，直到大三那年秋天参加完社团举办的郊游活动后，便不再出入社团。当时，他们去学校附近的自然休养林郊游，在那里订了几间民宿，大伙儿一起在山林间漫步，三三两两聚在一起玩游戏、踢足球、喝酒。金智英因为有点感冒，有些畏寒，于是跑去一间开着暖气的房间，将被子盖到头顶包裹全身，有些社团成员正在里面打牌，房间的地板是热的，原本冷到蜷缩的身体也慢慢舒展开。学弟学妹的欢声笑语在耳边融为一片嗡嗡声，模糊不清，她不小心睡着了。睡梦中，突然听见自己的名字。

“金智英好像已经和那家伙彻底分了啊！”

接下来是一连串七嘴八舌：“你不是从很久以前就对金智英有好感吗？”“这小子可不只是有好感呢！”“快趁这次机会试试看啊！”“我们会帮你的。”一开始，金智英还以为自己在做梦，等她完全清醒过来，便听出房间里有哪些人：原来是刚才在外面喝酒的那群学长，他们才复学不久。金智英已全然清醒，开始感到有些闷热，但学长刚好又在谈论她，害她不好意思掀开棉被走出房间。结果就在那时，她听见一个熟悉的嗓音：

“唉，算了，被人嚼过的口香糖谁还想吃啊？”

说这话的学长过去一直给人端正、干练的印象，是个喜欢品酒却不会强迫别人喝酒、爱帮学弟学妹埋单却不常和他们一起吃饭的人，金智英对他印象很不错。但是学长竟然说出这种话，完全出乎她意料，她更用力竖直耳朵仔细偷听，确认就是那名学长。或许是因为他喝多了，或者在大家面前太害羞，抑或是为了防止其他人胡闹才故意说得这么夸张。金智英在心里想着各种可能性，内心深处却很不是滋味。“原来在日常生活中说话正常、行为端正的男子，也会在背后诋毁自己心仪的女性……原来我只是个被人嚼过的口香糖。”

金智英彻夜难眠。隔天早上，她在民宿附近散步时，恰巧遇见那名学长。

“眼睛怎么这么红？昨晚没睡好吗？”

学长和平时一样用温柔的口吻关心着金智英，虽然她心中冒出了“口香糖睡什么觉啊”这句话，很想当面让学长难堪，但最后还是咽了回去。

大三寒假开始之际，金智英也正式准备就业，她重修大一时考砸的科目，提升在校成绩，托业分数也越考越高。但光有这些还不够，金智英决心毕业后从事营销宣传工作，所以在寻找相关实习机会或学生竞赛等信息。但碍于她就读的科系与这些工作没有直接关联，很难通过系办得到实质上的帮助。

后来，金智英在寒假期间跑去听文化中心开设的相关讲座，比起学习，她更希望能借此拓展人脉，也真的在那里遇见几位聊得来的朋友，一起组成了类似读书会的团体。团体一开始只有三名成员，到后来增加到七人，其间陆续有朋友拉自己的朋友进来，有人退出也有人加入。这个团体中还有和金智英就读同一所大学经营管理系的女同学，叫尹慧珍。虽然她和金智英是同一届，但是是复读生，所以大金智英一岁，可是尹慧珍希望金智英不要对她说敬语，于是两人便以平辈之间的语气交谈，直接称呼对方的名字。

团员之间会彼此分享就业信息，也一同撰写自我介绍和简历；他们报名参加企业的实习，金智英甚至和尹慧珍组成一队，挑战各种企业竞赛，并在地方政府创意竞赛及大学生创新创意竞赛上得过几次奖。

在尚未正式投递履历、参加面试之前，金智英对未来并没有感到太过焦虑。她觉得只要能做自己想做的工作，即使不是大公司也无所谓。相较之下，尹慧珍就显得比较悲观，她明明成绩比金智英优秀，托业分数更高，也有计算机操作、文书处理等求职必备的证书，所就读的科系也是更受业界青睐的经营管理系，她却认为自己可能连个不确定发不发得出薪水的小公司都进不去，就更别说大企业了。

“怎么说？”

“因为我们不是最顶尖的人才。”

“你看那些回来做求职说明会的前辈，我们学校其实也有很多人毕业后进好公司啊！”

“那些人几乎都是学长，你仔细回想一下，有看到几个学姐？”

金智英一下子被点醒了，瞪大眼睛，这才恍然大悟。

她回想自己参加过的求职说明会和校友回母校做的分享会，那些场合里的确几乎看不见学姐的身影。金智英大学毕业那年，也就是二〇〇五年，一个求职信息网站针对韩国百大企业做了问卷调查，结果显示女性录取率只有29.6%；然而，光是这样的数值在当时就已经表示女性的社会地位提升[1]了。同年，该网站又针对韩国五十大企业的人事部门主管做了问卷调查，题目是“如果面试者资质相同，请问会更倾向于选择男性还是女性？”结果44%的受访者明确表示会优先选拔男性，却没有一人回答会优先考虑女性[2]。

根据尹慧珍的说法，以她就读的经管系为例，虽然不定期会有非公开的工作机会通过系办或教授发起招募，但每次学校引介的都是男生。由于通常都是私下进行，所以确切是哪家公司需要人、审核条件资格又是什么就不得而知了。除此之外，究竟是学校只推荐男同学，还是企业只想要男同学，也是一大

1　资料来源：《东亚日报》：《从关键字看2005就业市场》，二〇〇五年十二月十四日。

2　资料来源：韩联社：《公司招募新人，依旧有外貌和性别歧视》，二〇〇五年七月十一日。

疑问。尹慧珍又告诉金智英一名学姐的故事，那名学姐是几年前才毕业的。

学姐一直都是该学院的学霸，外文成绩极好，获奖经历、实习经验、各项证书、社团活动、志愿者活动等样样俱全，堪称拥有人人称羡的“完美履历”。当时学姐非常想进某公司，后来她辗转得知，那家公司早已通过系办招募了四名男同学，这是从其他面试落榜的同学口中得知的。学姐后来向指导教授表达强烈抗议，询问推荐学生的标准是什么，要是教授说不出个可以令她接受的理由，她就将这件事情公之于世。她见了多名教授，甚至与系主任面谈，而在这些过程中，教授们的口径一致，都是以企业希望招募男同学为由，解释称将来男同学会成为一家之主，这些机会也算是他们当完兵的补偿等诸如此类在学姐听来极为荒谬的说辞。其中系主任的回答尤其令她绝望无助：

“女孩子太聪明，公司也会觉得有压力，像现在也是，你看，你知道自己给别人多大压力吗？”

所以到底要我们怎样？条件太差会被嫌弃，条件太好也被嫌弃，那卡在中间不上不下的人，难道又要被嫌太中庸吗？学姐认为不值得继续白费口舌，于是不再抗议，在年底该公司举办公开招聘时，顺利通过考试。

“哇，太帅了！那位学姐还在那个公司吗？”

“没有，听说干了六个月就辞职了。”

某天，学姐环顾整个办公室，发现经理级以上几乎都是男性，找不到女主管的身影。她在公司餐厅里吃午饭时，看到一名挺着大肚子的女同事，便向同事询问这家公司是否提供育婴假[1]，结果和她同桌吃饭的人，从课长到职员五个人都表示自己从未见过请育婴假的同事，不太清楚。学姐在无法预见自己未来十年的情况下，经过一番思索，决定递上辞呈，最后也招来其他人无情的调侃，说一些“这就是为什么最好别用女性”之类的闲言碎语，学姐则反驳道，就是因为这社会老是让女人做不了事才会如此。

根据统计资料显示，二〇〇三年请育婴假的女性职工只占百分之二十，直到二〇〇九年才终于突破百分之五十，等于是职场上每十名女性当中，依旧有四名产后妇女没有申请育婴假，坚守着工作岗位[2]。当然，在那之前因结婚生子而提早退出职场，连育婴假申请统计都无法取样的女性更是数不胜数。此外，

---

1 在韩国，有八岁以下或是小学二年级以下子女的劳动者最多可以享受一年的带薪休假，男女皆可申请。从二〇一七年开始，女员工在怀孕期间也可以使用育婴假。——编者注

2 资料来源：《育婴假制度运用现况与实施点》：《劳工受雇发展动向》，二〇一五年七月，尹正慧著。

二〇〇六年原本只占10.22%的女性主管比例也有逐年增长的趋势，只不过增长速度实在缓慢，二〇一四年才达到18.37%，也就是十名女性中不到两名有主管职位[1]。

“所以现在学姐在做什么呢？”

“去年考上了司法特考[2]，学校不是还挂条幅庆贺，说是好多年才出了个考过司法考试的，你有看到吗？”

“啊，对，我想起来了，那时也觉得能考上真的很厉害。”

“我们学校也很好笑，原本还说她太聪明会给人压力，现在人家不靠任何学校帮助，自己苦读考过了司法特考，再来沾人家的光，说什么以她为荣。”

金智英感觉自己仿佛站在白雾弥漫的狭窄巷弄中，当下半年各家企业开始公开招聘员工时，这片白雾已化作连绵的细雨，打落在她娇嫩的肌肤上。

金智英最想进食品公司工作，但凡有一定规模的公司，她都抱着姑且一试的心态投了简历。但她应聘的四十三家公司，竟然没有一家和她联系。后来，她又选了十八家规模虽小但经

---

1 资料来源：劳动部：《2015雇用劳工白皮书》，第八十三至八十四页。

2 韩国司法考试分三轮，难度极高，通常通过率仅有3%。——编者注

营稳定的公司毛遂自荐，没想到这次依旧连一个面试机会都没有；尹慧珍的情况也不理想，她经常去公司面试、受邀做职场适性测验，但往往都只差临门一脚。自此之后，只要有任何公司发布招聘公告，她俩无论如何都会先投简历再说，金智英有一次甚至不小心忘了在自我介绍中更改公司名称就寄出，原以为机会又会泡汤，没想到竟接获这家公司的面试通知。

直到那时，金智英才开始上网搜寻该公司的资料，原来那是一家专门生产文具、日常用品和趣味小物的公司，刚好当时和明星艺人的经纪公司合作，推出一系列卡通版明星肖像周边商品，使公司营收大幅增加。明明是普通的玩偶、日记本、马克杯，公司却以高价贩售，简言之，就是一家以骗取学生零花钱为生的公司。金智英的心情有点复杂，刚开始觉得好像会过不去自己心里那道坎儿，但是随着面试日期逐渐逼近，也慢慢对公司产生了好感，最后甚至迫切希望自己能顺利通过面试。

面试前一晚，她和姐姐反复进行模拟面试，练习回答面试官可能会问的问题，直到过了凌晨一点钟才敷上厚厚的一层保湿乳霜躺在床上，但她还是很精神，毫无睡意。她担心脸上的乳霜沾到棉被上，不敢侧身躺卧，只能保持平躺不动，眼睛不停地眨呀眨，直到黎明之际才终于睡着。她做了好多没有结局的梦，强烈的困意使她痛苦难熬，早上起来化的妆也浮粉脱妆，最惨的是，她还在公交车上不小心睡过头，错过了站点。虽然时间还来得及，但她为了在重要面试前保持心情平静，不想为了找路而徘徊，最后决定搭出租车前往面试地点。年长的司机梳着整齐油头，通过后视镜看了金智英一眼，说道："姑娘，你是去面试啊。"她简短地回答："对啊。"

"我原本每天第一个客人是不载女生的，但我一眼就看出你是要去面试，所以才愿意载你一程。"

载我一程？金智英一时还以为司机是打算不收她这趟车费，后来才真正明白司机先生的意思。所以是叫我付钱感谢一辆空出租车的司机愿意慷慨相助吗？这种人自以为体恤他人，实际上无礼至极。她不知该怎么跟对方争辩，索性选择闭上眼睛，不予置评。

抵达面试地点后，所有人被分成三人一组进行团体面试，和金智英一起面试的另外两位面试者，是和她年纪相仿的女性，三人仿佛事先说好一样，都剪了一头刚好盖过耳垂的利落短发，搽着粉色口红，身穿深灰色套装。面试官看完她们的简历和自我介绍后，开始一一询问她们的校园生活、经历，然后再问到关于公司、业界展望、营销方向等意见。由于都是可预料的问题，三个人的回答听起来都没有失分。最后，坐在最旁边一直只点头聆听的中年男理事终于开口问道：

“要是今天各位去拜访客户，但是客户主管一直……就是……有一些身体上的接触，比如说按你们的肩膀啦，不经意地摸你们的大腿啦，嗯，知道我在说什么吧？要是你们遇到这种情形会怎么做？来，从金智英小姐开始回答。”

金智英认为不能像傻子一样愣在那里，也不能过度将内心的不悦形之于色，否则应该会拿不到面试高分，所以她选择了最安全的回答：

“我会临时说要去厕所或去拿资料，自然地离开那个场合。”

第二位面试者则用强烈的口吻回答，说这明显是职场性骚扰，会当场叫该名主管注意自己的行为，要是继续不听告诫，就会走法律途径。金智英看见提问的面试官当场眉头一皱。最后一位面试者说出了乍听之下最为标准的答案：

“我会先检视自己的穿着、态度是否有问题，如果有什么行为促使主管做出这种不当举动，我会反省改进。”

第二位面试者听见这样的回答马上翻了个白眼，还“哼”了一声表示荒谬；金智英默默觉得真的有必要这样忍受屈辱吗？但又觉得第三位面试者的回答应该会拿最高分，所以不免也有点懊悔自己怎么没这样回答。

几天后，金智英接到面试落榜通知，她不禁感到遗憾和困惑，难道是因为最后那道题没回答好？最后她实在忍不住，决定打电话到公司人事部询问。接到电话的负责人表示，其实并不会因为一道题目的回答好坏来决定面试结果，重点还是在于面试者和面试官合不合得来，他认为金智英应该只是和公司无缘而已。虽然这些话听起来都像是按照公司的标准“答案”回答，但的确让金智英心里舒坦了许多。她趁机询问了另外两位和她一起面试的女生是否有人通过面试，并表示自己没别的意思，单纯只是想作为未来准备面试时的参考，但对方似乎有点左右为难，犹豫着该不该回答。

“拜托了，我真的很需要找到工作。”

听金智英这么一说，对方才终于回答：“另外两个人也没有通过面试。”“原来如此。”金智英不知为何觉得心情有点低落，也懊悔着当初要是早知道会落榜，就应该把内心想讲的话如实说出。

“当然要把那狗娘养的变态手折断啊！还有，你也很有问题！假借面试之名问这种问题也算是性骚扰好吗？要是面试者是男性，我想你就不会问他这种题目了，对吧？”

金智英对着镜子破口大骂，把压抑已久的真实心声统统发泄出来，但还是难解心头之恨。她好几次躺在床上准备入睡时，都因为越想越气而踢开棉被。后来她不断参加其他公司的面试，却经常遭受面试官评论她的外貌，或用低俗的玩笑话嘲讽她的穿着打扮，甚至进行不必要的肢体接触，对方用猥亵的眼神紧盯她身体的某个部位。最后，她一家公司都没有面试成功。她想着是不是该延毕、休学，还是去申请语言进修等各种方案。转眼间，秋天过去了，真的要准备毕业了。

虽然姐姐金恩英和母亲都劝她不要太心急，但她不得不着急。尹慧珍开始准备公务员考试，虽然也劝金智英一起报考，但她一直迟迟下不了决心，主要是因为那不是自己擅长的考试类型，再加上要投入许多时间读书，万一一直考不上，岂不是年纪愈来愈大，却毫无工作经历？到时候就真的会走投无路。金智英决定把求职条件降低，坚持不懈地投递简历。就在人生最绝望的时候，她交了新男友。这件事她只告诉了姐姐，姐姐和她面面相觑，摇了摇头，说道：

“你居然在这节骨眼还有心情谈恋爱，还会对人动心？我真是服了你。”

“就是说啊……”金智英尴尬地笑着带过。的确在这种情况下，许多情侣早就分手了，自己竟然还能喜欢上一个人，她也实在无言以对。窗外飘着提早报到的雪花，她想起很久以前读过的一首诗：怎么可能因为贫穷就不明白孤单的滋味，和你道别后走在回家的路上，苍白的月光映照着那条白雪覆盖的小巷……

金智英新交往的男朋友和尹慧珍从小青梅竹马，比金智英大一岁，刚服完兵役重新复学，所以还是学生。他比任何人都了解金智英当时的心情，也很有同理心，从不说一些不切实际的乐观安慰，也没有说一些事不关己的话，比如“晚点开始工作也无所谓啊”。当然，他也从未责怪过金智英的简历不够精彩。他默默陪伴金智英准备这些面试，有可以帮忙的地方就尽量帮，如果面试结果不尽理想就请金智英喝酒，陪她解解闷。

距离毕业典礼只剩两天时，一家人难得团聚，共进早餐。父亲正在烦恼究竟该休店整天还是只休早上半天去参加二女儿的毕业典礼，但是金智英告诉父亲，她那天不会去参加学校毕业典礼，虽然招来父亲一阵痛骂，她却丝毫没往心里去，因为当时对她来说，除了“落榜”以外，任何话都刺激不了她。父亲眼看女儿不论怎么被骂依旧无动于衷，只好丢出一句：

“我看你就乖乖等着嫁人吧。”

原本听那么多责骂都面不改色的金智英，在父亲说出这句话之后，理智的缰绳终于断裂。饭怎么也咽不下去，她手握汤匙正努力深呼吸调整自己的情绪，只听“啪”的一声，宛如坚石碎裂般的声响突然从一旁传来，原来是母亲涨红着脸，愤怒地将汤匙拍在桌上。

“现在都什么年代了，你还在对孩子讲那些老掉牙的话？智英，你也别傻傻地忍气吞声！快！顶嘴！反驳他！听见没有？”

由于母亲正在气头上，情绪非常激动，所以金智英赶紧点头如捣蒜，表现出真心认同的表情，先安抚了母亲的情绪。父亲可能是一时之间被母亲突如其来的举动吓傻了，不禁开始打起嗝来。金智英当下才意识到，原来自己从未见过父亲打嗝，那是生平唯一的一次。犹记得某个寒冬，金智英和家人围坐在家中吃地瓜，结果母亲、金恩英、金智英、弟弟依次开始打嗝，唯有父亲丝毫不受影响，逗得大家哈哈大笑。金智英突然天马行空地想，难道男人上了年纪就会失去打嗝能力，换来老掉牙的思维吗？就如同人鱼公主用声音换取双腿一样。她思索了一会儿女巫的魔法。多亏母亲怒火中烧，父亲才停止了胡言乱语，找回了打嗝。

结果就在那天傍晚，金智英接到了先前面试的一家公关代理公司的来电，通知她面试过关了。之前她所承受的无力感和自责，早已像玻璃杯里满到不能再装的水一样，只是一直硬撑着。就在她听到话筒那头传来“面试通过”的瞬间，终于难掩激动情绪，流下了眼泪。而听闻她面试通过的消息感到最开心的人，莫过于她的男朋友。

金智英和父母带着难得轻松的心情去学校参加毕业典礼，男朋友也去学校找她，等于是第一次将男友正式介绍给父母亲认识。由于金智英不打算进毕业典礼会场，也没什么事情可做，四个人就一起在校园中逛了一圈，到处走走，拍拍合影，再到校内咖啡厅里喝杯咖啡小憩。那天不论走到哪里都是人山人海，咖啡厅里也一样人满为患。男友几乎是用吼叫的方式向店员点了四杯不同的咖啡，然后一一送到金智英和她父母亲面前，并在母亲的拿铁旁轻轻放了一张整齐地折成三角形的纸巾。父亲一脸严肃地问他读什么科系、住哪里、家庭成员等问题，男友也对父亲毕恭毕敬地诚实回答。金智英看着男友如此紧张的模样，觉得实在太逗趣，难忍笑意，只好不断地低头紧咬下唇。

四个人一时想不到任何话题，静默了一段时间，最后父亲提议一起去吃饭，母亲则将身体转向父亲，对他使了一下眼色，窃窃私语几句。随后，父亲干咳一声，从皮夹里掏出信用卡交给金智英，说他和母亲要回去看店，叫他们两个人自己去吃。父亲尴尬地说完这番话，母亲马上抓起男友的手，说道：

“今天很高兴见到你。虽然很可惜不能一起吃晚餐，但你们两个要记得去吃点好的，看场电影，好好约个会，下次有机会再来我们店里吃饭啊。”

母亲拉了一下父亲的手臂示意可以离开了，于是两人先行走出校园，男友则对着父母离去的背影不停地鞠躬道别，把腰弯到不能再弯，头顶都快着地了。金智英这下才放声大笑。

“我妈很可爱吧？她是怕你觉得别扭，才故意带我爸先离开。”

“嗯，看得出来。对了，你们店里哪样东西最好吃啊？”

“无论哪样应该都比我妈做的好吃，她不太会做饭，但我靠着下馆子、吃外卖和快餐，还是长得挺好！”

学校附近实在人潮拥挤，两人决定搭地铁去光化门。他们按照母亲的意思吃了顿大餐，看了场电影，还跑去书店，各自买了本书。虽然男友认为买书的钱应该由他付，不能刷金智英父亲的信用卡，但金智英一直说没关系，只要是买书，父亲一定高兴。最后，男友不好意思地挑了一本过去一直想买却因为太贵而迟迟没买的书。他们一人抱着本厚得像百科全书似的书，有说有笑地沿着楼梯走到室外。一到户外，就发现天空正飘着雪。

在夜色昏暗的天空中，雪片宛如发放给每个人的礼物，以稳定的速度翩翩落下，有时突然一阵风吹来，雪片就会被吹得七零八落。男友说，要是能抓到雪片，愿望就会成真，于是不断朝空中伸手去抓，只是很可惜，每次都没能抓到。试了好几次之后，终于有一片六角形的大雪片轻轻地落在男友的食指指尖上，金智英调皮地问男友许了什么心愿。

“我希望你工作顺利，少点难过，少点痛苦，也少点疲累，好好适应职场生活，每个月都能顺利领到薪水，然后买很多好吃的给我吃。”

金智英听完男友的这番话，内心仿佛堆满了厚厚的雪片，明明充实却又空虚不已，明明温暖却又异常感伤。她再次将男友和母亲的话铭记在心：将来一定要少点难过，少点痛苦，少点疲累，不再忍气吞声，要勇敢地为自己发声。

金智英将公司工卡挂在脖子上，出门吃午饭。虽然大家好像只是因为怕弄丢或懒得用手拿工卡而挂在脖子上，但金智英是刻意这么做的。大白天走在写字楼林立的繁华区，会看见许多上班族挂着印有自家公司标志的胸卡。将员工卡放在一个透明套子里，挂在吊绳底下，这是金智英梦寐以求的，她也想在胸前挂着公司工卡，一手拿钱包和手机，与同事并肩走在街上，讨论着今天午饭吃什么。

金智英任职于一家在业界有一定规模的公司，员工有五十名。虽然主管职位以男性居多，但是整个公司的女性职员还是占大多数。办公室的气氛也很好，同事都很通情达理，不会过分自私。只不过因为业务量大，周末也经常无偿加班。同一批新进职员包括金智英在内总共有四人，其中两名是男性，两名是女性。金智英从未休学过，大学一毕业就踏入职场，所以在四人当中年纪最小，在公司里也是个不折不扣的老幺。

金智英每天早上都会按照组员的喜好，冲泡专属于他们的咖啡，一一摆放在每一位同事的位子上；到餐厅用餐时，也会主动抽取纸巾，并为每个人摆好汤匙和筷子；叫外卖时会手拿笔记本，负责帮大家记录餐点，打电话去订餐，吃完以后也会第一个帮大家收拾碗筷。团队中年纪最小的她，每天早上都要收集新闻，摘取与公司产品相关的内容，加上标题制成简报。某天，组长翻阅了简报后，把金智英叫到会议室。

金恩实组长是公司四名组长中唯一的女性，有个正上小学的女儿，和娘家母亲同住，育儿和家务统统交由母亲处理，她自己只负责工作赚钱。有人说她这样很酷，也有人说她这样很狠心，有些人反而称赞她老公，替她老公叫屈，认为男人和岳母同住比女人和婆婆同住还要辛苦，最近岳婿问题比婆媳问题更严重。虽然大家并不认识金恩实组长的先生，但都说光从他和岳母同住这一事来看，就知道肯定是个大好人。金智英突然想起自己的母亲服侍了奶奶整整十七年，奶奶只有在母亲出门帮人理发时暂时帮忙照顾弟弟而已，从来没有做过喂三姐弟吃饭、帮他们洗澡、哄他们睡觉的事情，更别说协助母亲做其他家务。奶奶吃的是母亲亲手煮的饭，穿的是母亲洗的衣服，在母亲整理的房间里休息、睡觉，却没有任何人因此夸奖母亲是好人。

组长把报告文件还给金智英，称赞她挑选新闻的眼光很精准，标题也取得很好，叫她要继续努力。这是金智英在第一份工作、第一家公司得到的第一次称赞。她感到组长对她说的那番话，在将来的职场生涯里会是一股支撑她走下去的莫大力量。她很激动，又有点自豪，但并没有太过喜形于色，只对组长诚恳地道了声谢谢。组长微笑着补充道：

“还有，以后不用帮我泡咖啡，不用帮我准备汤匙筷子，也别帮我收拾吃完的碗盘。”

“不好意思，给您造成了困扰。”

“并不是造成了困扰，而是因为这些事情都不是金智英你该做的事情。我发现，过去只要有新人来，年纪最小的女性就会主动跳出来做一些琐碎的杂事，明明就没人拜托她们做这些事。但是男性新员工就不会这样，不论他们年纪多小，只要没人叫他们做，他们想都不会想到要帮大家做这些杂事。所以我很纳闷，到底为什么女生要主动做这些事？”

听说组长是从公司只有三名员工的创业时期就在这儿任职，

后来随着公司规模逐渐扩大，跟着公司职员一同成长，也逐渐有了自信和抱负。当初和她一起工作的男同事现在已经和她一样坐上了组长的位置，不然就是在大公司里担任营销宣传部主管，或者自行创立公司，总之都还继续在职场上工作，但女同事早已纷纷离开。

金恩实组长为了让大家摆脱对女性职员的刻板印象，总是在员工聚餐时待到最晚，自愿加班、出差，产后一个月便重返职场。一开始，她对这样的自己感到无比自豪，但是随着女同事和女性后辈一个一个地离开职场，她开始感到困惑，最近甚至感到抱歉。其实大部分的员工聚餐都是不必要的，经常性的加班和周末工作、出差等，也都是人力不足引起的，增添人力才是真正的解决之道。申请产后休假或停薪留职也都是再正常不过的事情，她却总觉得是因为自己导致其他女性员工的权益也备受影响，害得其他女性不敢使用这些假期。她一升上管理岗位，最先做的就是取消不必要的员工聚餐、员工旅游、研讨会等活动，并且保障员工申请育婴假的权利，不分男女。她还记得公司创立以来第一位休完一年育婴假的女职员回来上班那天，她买了一束鲜花放在那位职员的办公桌上，心里那份感动实在难以言喻。

“那位职员是谁呢？”

“后来没过几个月就离职了。”

因为组长也无法帮她解决经常性加班和周末上班的问题。她把大部分薪水都拿去交托儿所费用，但还是经常需要拜托其他人帮忙照顾孩子，每天也会和先生在电话里争吵。某个周末，实在不得已，她只好背着小孩进办公室工作。最后她还是递了辞呈。面对那名表示深感抱歉的女性职员，组长说不出一句安慰的话。

金智英受主管委托的第一项任务，是以环保寝具行业实施的家庭寝具污染测量结果为基础，拟一份报道资料，而金智英为了好好表现，明明只是两页的资料，却花了好几天彻夜撰写。组长看完她整理的资料，表示写得很好，唯一美中不足的是写得太像新闻稿，希望她能重写一份，并注意要写成吸引记者的那种文章。金智英那天晚上再度熬夜修改，最后终于得到了组长的认可，夸赞她写得实在太好了。这篇文章没有经过太大修改就提交出去，后来确实吸引到日刊、主妇杂志、有线电视新闻台争相报道，纷纷想将其改写成新闻。金智英不再帮同事泡咖啡，到餐厅用餐时也不再帮大家准备餐具，当然，也没有任何人对此发表过任何意见。

不论工作内容还是同事关系，都令金智英十分满意，只有在和记者、客户、厂商公关部门交涉时，她才会感到有些不自在。随着时间流逝，她在公司里积累了一定的经验，工作也都上手了，但和他们之间还是存在隔阂。站在公关代理商的立场，这些人永远都是甲方，大部分都是上了年纪、职位较高的男人，所以首先是笑点大不相同，当他们不停地说着一点也不好笑的玩笑话时，金智英完全不知道该在哪个节点放声大笑，也不知道该如何回应这些无聊的玩笑。要是跟着他们的节奏笑，他们就会对笑出声的人继续开玩笑；要是无动于衷，不理会他们，又会被问是不是心情不好，有什么不开心的事情。

有一次，她和客户一起去一家韩餐厅吃午饭。厂商经理见金智英点豆腐拌大酱，忍不住说：

“年轻人居然也懂得吃这个？原来金小姐也是大酱女[1]啊，哈哈哈！”

当时正处于网络用语盛行的年代，刚好出现“大酱女”这样的称呼，还有各种贬低女性的新造词。对方说这番话究竟是要逗金智英笑呢，还是觉得金智英好欺负，抑或是他根本不知道“大酱女”的意思就随便脱口而出呢，在场的人都不得而知，只知道公司经理笑了职员当然也要跟着笑，客户笑了金智英和

1　韩国网络流行语，意近“拜金女”，用来嘲讽长相不好看却又爱慕虚荣的女性。——译者注

前辈自然也不能板着脸，所以只好尴尬地赔个笑脸，赶紧转移了话题。

还有一次，和一家中型企业的公关部门聚餐，他们为了感谢金智英和金恩实组长对公司创立纪念活动的大力协助，邀请两人一起参加他们的部门聚餐。那次纪念活动，从策划到举办，再到报道资料发布，所有流程都不假他人之手，金智英和金恩实全都亲力亲为，活动也办得很成功。

她们打车前往聚餐地点，那是一家位于大学学区里的烤肉店，组长加重语气说自己真的很不想去吃这顿饭：

“要是真的感谢我们的话，还不如送礼物或现金，不是更好吗？明知我们去那里吃饭有多别扭，还假借感谢之名叫我们陪他们吃饭、喝酒，这不是明摆着要最后展现一次他们才是甲方吗？呼，老娘实在不想去，但我就忍这一次，下不为例！”

对方的公关部总共有六名职员，职位最高的是五十几岁的男部长，再就是四十几岁的男副部长，然后是三十几岁的男课长，最后是二十几岁的女职员三人；而金智英这边则是组长和她，以及活动期间鼎力相助的一名男同事，三人一同出席聚餐。一抵达烤肉店，他们就看见部长涨红着脸，看来很早就开喝了。他一见到金智英就夸张地吆喝欢迎，与他并肩而坐的课长，也赶紧拿了一个啤酒杯和汤匙，起身招呼金智英，并用眼神示意她坐到部长旁边。部长马上露出贼笑，还夸赞韩课长果然了解他，金智英当下实在不知该如何是好，羞耻至极，打死都不想坐那位置。虽然她婉拒了好几次，表示自己和同事坐一起就好，但副部长和课长依旧死缠烂打，不断把金智英推向部长旁边。和金智英一同前去的男同事也束手无策，只能眼看着这一切发生。组长先去了厕所，后来才入席。金智英无奈之下，只得坐在部长旁边，接过一杯又一杯部长为她斟满的啤酒，在敌不过对方强势劝酒的情况下，勉强喝了几杯。

那名部长之前一直在商品开发部工作，转调到公关部不过三个月，然而，他根据自己过去的工作经验，滔滔不绝地讲自己对营销宣传的想法与建议。他还说金智英的脸型很好看，鼻子也很挺，只要再割个双眼皮就完美了，也不知道他说这些话究竟是褒是贬。他询问金智英有没有男朋友，说了一连串令人无言以对的黄色笑话，说什么要有捕手才有射球的动力，尽管有处女但绝对没有只做过一次的女人。最令人讨厌的是不停劝酒这件事，不论金智英举多少理由婉拒，说自己已经不能再喝了，回家路上很危险，真的不想喝了，也会遭部长反问：“这里这么多男人，有什么好怕的？”我最怕的就是你们！金智英把这话咽回肚子里，偷偷地将酒倒在冷面碗和一旁的空杯里。

凌晨十二点多，部长在金智英的酒杯里斟满啤酒，摇摇晃晃地从座位上站起身。他和代驾司机打电话，声音大到整个烤肉店里的人都能听得一清二楚，打完电话，又对他的职员说："我女儿就读这附近的大学，现在在图书馆，叫我去接她，她不敢一个人回家。抱歉啦，各位！我要先离开了！金智英小姐，这杯记得要喝完哟！"

金智英好不容易撑住的理智瞬间崩塌，她在心里咒骂着："只要你继续这样对我，你那宝贝女儿几年后很可能也会像我这样，被男主管灌酒。"一股浓浓的醉意突然席卷而来，她发了条短信给男友，希望他可以来接她回家，却迟迟等不到回复。

部长离席之后，气氛也冷了下来。大伙儿分成几组，和自己比较熟识的人私下交谈着，有些人则去外头抽烟。公关部的一名女职员不知道去了哪里，早已不见身影。有几个人提议续摊，幸好金恩实组长马上断然拒绝，才得以让公关代理商三人组全身而退。组长说她母亲身体微恙，得赶紧回家探望，拦了一部出租车便离开了；金智英与男同事则坐在便利商店门口的户外座椅区喝着罐装咖啡。那是金智英提议的，感觉喝杯冰咖啡会让自己醒醒酒，但不知道是不是因为终于逃离那尴尬的饭局，顿时放松下来，喝完咖啡后不但酒没醒，反而感到强烈的困意。金智英趴倒在洒满泡面汤汁的桌上，不论男同事怎么叫她都毫无反应。

偏偏就在那时，金智英的男友回电了。她早已睡得不省人事，男同事为了叫她男友来接她，决定代接电话，不料却是个错误的决定。

“喂，您好，我是金智英的同事……”

“智英呢？”

“智英她睡着了，所以我代替她接电话……”

“睡着了？什么？你是谁啊？”

“不不不！不是您想的那样，您好像误会我的意思了，智英她喝了酒……”

“快叫智英接电话！”

金智英最后是被男友背回家的，但两个人的关系也从此出现了裂痕。

幸运的是，金智英的同事人都很好。上班没有她当初想象的那么辛苦、难过、疲累，她的职场生活还算顺利，也请男友吃了很多顿大餐。她会买包、衣服、皮夹送给男友，有时还会代付出租车费。然而，男友等待金智英的时间也越来越久，等她下班，等她放假，等她过周末。还只是个小职员的金智英自然只能配合公司，男友则必须不断地等待金智英的信息、来电和约会回复。自从金智英开始上班，两人发信息的次数和打电话的时间就大幅减少了。男友抱怨，难道在通勤路上、厕所里、午饭后的餐厅里，都不能打个电话或发条信息？其实金智英并不是没有时间，而是没有谈情说爱的余力。她周围的许多上班族和大学生谈恋爱的情侣也都遇到了类似问题，不论女方还是男方，只要有一方是上班族都一样。

当时金智英的男友毕业在即，准备求职，金智英对自己帮不上什么忙感到十分愧疚，因为她心知肚明，男友当初是怎样帮助她、支持她的，只要回忆起当时，依然会感到指尖像触电一样酥麻。无奈，她自己的日常已处于水深火热当中，每天都战战兢兢，片刻不得松懈，一个不小心就可能掉入万丈深渊，实在无暇再照顾另一个人，也没有多余的心思好好安慰别人。久而久之，就像冰箱上或浴室搁架上堆积已久却从未清理的灰尘一样，两人心中也渐渐充满对彼此的埋怨。就这样，越离越远的两颗心，最终也因为那天晚上金智英喝醉酒而闹得不可开交。

其实男友清楚地知道，过去金智英从未喝酒喝到醉，也知道那天是因为公司聚餐不得已被逼着喝那么多，当然，他也知道接电话的男同事和她绝对是清白的，这些他都明白；但他在意的已经不是那些问题。就像在已经干枯见底、布满灰尘的感情上掉了一撮小火苗，最美丽的青春年华，从此付之一炬。

后来金智英参加过三四次联谊，也和其中几名男士约过会、看过电影、吃过饭。他们年纪都比金智英大，社会地位也比她高，薪水应该也都比较好。他们像以前金智英对待前男友一样，请她吃饭、看电影，送她大大小小的各种礼物，但她和那些人始终只保持朋友关系。

某天，公司突然宣布要成立策划组，因为身为公关代理商，过去都是配合客户需求举办各种活动，自然只能处于乙方角色，也几乎都是被动等待厂商邀约。但在营运遇到“瓶颈”后，公司决定主动策划各种项目，寻找厂商合作，反正也已经累积了不少固定客源。当然，这不会是单次的活动，而是得长期进行的计划，尽管不会立即创造收入，但只要先打好这种工作模式的基础，反而可以主导和顾客之间的关系，业绩也能稳定增长。大部分公司职员对这件事很感兴趣，金智英也不例外。当时，公司刚好指派金恩实组长带领新成立的策划组，而金智英也毛遂自荐，表示很希望加入。

“是啊，要是金智英小姐来我们部门，肯定会表现得很出色。”

虽然组长这么肯定地回复了，但最终金智英还是没能加入策划组，组长反而挑了工作能力优秀的三名课长级主管，以及和金智英同期进入公司的两名男同事。在公司里，大家把策划组视为核心干部团队。金智英和另一名同期进公司的女同事姜惠秀难掩失落。过去，在公司内部，她们得到的评价其实比另外两名男同事要高，前辈们经常公然开玩笑说：“明明都是同期选进来的，那两个男的怎么会和你们差那么多？”其实那两名男同事也不是特别办事不力，但的确被主管分配处理较为简单的事务。

原本，同期进来的四名同事感情非常好，虽然每个人性格截然不同，却从未有过任何摩擦，总是有说有笑，相处融洽。但自从两名男同事加入策划组，四人之间就产生了微妙的距离感，本来每天上班都会在线上聊天，这下也突然停止了；经常忙里偷闲一起喝咖啡的下午茶时光、午饭聚会、下班后定期的小酌等这些四人相聚的光景也不复当初。在公司走廊上巧遇彼此，只会尴尬地点头示意便擦肩而过。最后，年纪最大的姜惠秀实在看不下去，主动安排了一顿饭局，小酌几杯。

那天，四个人喝到很晚，但每个人都保持清醒，没有人喝醉。过去他们只要一起聚餐，就会像孩子般说些幼稚的玩笑话，抱怨工作太累或抱怨各自的组员。但是那天，打从一开始气氛就有些凝重，因为姜惠秀先坦承自己其实谈过一段短暂的办公室恋情。

“现在已经彻底结束了，你们别问我是谁，也别猜是谁，在其他场合都不准提起这件事。总之，我最近心情实在糟透了，你们可要好好安慰我一下。”

金智英的脑海里浮现出公司里屈指可数的几名未婚男性，但一转念又觉得对方未必一定是未婚男士，于是感到一阵头痛。两名男同事大口喝着啤酒，其中一名说出了埋藏心底已久的担忧，他担心自己去年毕业、至今仍未找到工作的弟弟。他自己也有助学贷款要还，然而，贷款更多的弟弟不知道能否有脱离债务的一天。另一名男同事搔了搔头，说：“现在是什么真心话时间吗？我也应该坦承一件事情，是吗？好吧，那，我的话呢，我觉得自己其实不太适合策划组。”

金智英那天听到了许多公司内幕。策划组人力安排其实完全是按照公司社长的意思执行，选那三位工作能力优秀的课长过去，是为了让策划组打稳基础，而另外两名男同事会被选进去，则因为这是长期项目。社长很清楚这份工作压力有多大，与婚姻生活尤其是需要育儿的生活绝对难以并行，所以才会认为女职员不能胜任，而且他也没打算调整公司员工福利，因为他认为，与其为撑不下去的职员补足相关福利使其撑下去，不如把资源投到撑得下去的职员身上更有效。过去会将比较难伺候的客户分配给金智英和姜惠秀也是基于同样的理由，并非因为更信赖她们，而是没必要把比较有可能长期留在公司服务的男同事逼得太紧，叫他们做苦差事。

金智英感觉自己仿佛站在迷宫的中央，一直以来明明都脚踏实地地找寻出口，今天却有人突然告诉她，其实打从一开始这个迷宫就没有设置出口，与其茫然地杵在原地，不如加倍努力，就算钻墙也要杀出一条血路。企业家的目标是赚取更多利润，所以也无法责怪想要以最小投资创造最大利益的社长。但是只看眼前的投资回报率，真的公平吗？如此不公的社会最终还会剩下什么呢？在职场上幸存的这些人真的幸福吗？

她还得知原来公司核发给新进人员的薪资也会因男女性别而不同，男性的薪资一直都比女性高，但或许是那天承受的打击与失落感已经太大，这件事对她来说已经不足为奇。她开始不再有信心像以前一样信赖社长和前辈。然而，天明之后，酒也醒了，她习惯性地去公司上班，和以前一样将主管交办的事情处理好，但是对公司的热情和信赖度却明显减少了。

韩国是经济合作暨发展组织（OECD）成员国里男女收入差距最大的国家。根据二〇一四年的统计，韩国男性的平均薪资是一百万韩元[1]，女性的平均薪资则只有六十三万三千韩

1 约合人民币六千二百元。——编者注

元[1]，而 OECD 成员国的女性平均薪资是八十四万四千韩元。另外，英国《经济学人》杂志也发表过一篇关于玻璃天花板指数[2]的文章，结果显示韩国在所有评比国家中处在垫底的位置，显示出韩国职场对女性的不友善 。

---

1 约合人民币三千八百一十元。——编者注
资料来源：Gender wage gap，OECD，二〇一四年。

2 《经济学人》创造的一个指数模型，用于测试各个国家和地区职场女性受到公平待遇的程度。这个模型中考虑到的指标有：高等教育、劳工参与度、薪酬、抚养子女的成本、孕妇权利、商学院申请以及在高级职务中的表现。每个国家的得分是这七项指标加权平均之后的结果。——编者注
资料来源：The Economist Home，Page3，March 2016，http://www.economist.com/blogs/graphicdetail/2016/03/daily-chart-0.

二〇一二年～二〇一五年

"所以你失去了什么？"

"啊？"

"你不是说叫我不要老是只想着失去吗？我现在很可能会因为生了孩子而失去青春、健康、工作，以及同事、朋友等社会人脉，还有我的人生规划、未来梦想等种种，所以才会一直只看见自己失去的东西，但是你呢？你会失去什么？"

◇

金智英和郑代贤双方家长的会面地点，选在了离首尔江南客运站最近的一间专卖韩式套餐的饭店。两家人寒暄了几句，互道一些诸如“很高兴见到您”“辛苦您特地前来”等礼节性问候语后，便陷入一段尴尬的沉默。这时，郑代贤的母亲突然开始夸起只见过两次面的金智英，说她乖巧、温柔又体贴，不但把自己不喝咖啡这件事情记在心上，后来见面时还改买传统茶叶作为礼物；听到自己有点鼻音也马上察觉，问是不是感冒了。其实茶叶只是按照百货公司推荐的伴手礼选购的；金智英提醒伯母小心感冒，也是因为当时正值换季，其实她完全没察觉对方有鼻音。原来那些无心的举动可以让人做出各种解读，她当下备感压力。金智英的母亲听闻未来的亲家母这么一说，心情似乎也很好，笑着回答：“哪里哪里，是您过奖了，她长这么大却什么也不会呢。”

母亲说，都怪她自己实在看不惯事情堆在那里，所以都会直接动手处理，导致孩子们没什么机会做家务，要是不想挨饿，至少也要会动手做点饭来吃吧。母亲说着听上去很像借口的笑话，没想到郑代贤的母亲居然也在一旁附和，说现在的年轻人都这样。两个母亲就这样聊着金智英多么心无旁骛地读书、工作，最后，郑代贤的母亲说道："哪有人生来就会的呢？都是边做边学呗，智英一定很快就上手的。"

金智英心想："不，伯母，我没有信心会上手，而且长期在外独居的代贤哥其实更擅长做这些事，尽管结了婚，他也说会负责处理这些家务。"然而，金智英和郑代贤都沉默不语，只保持微笑。

他们俩把郑代贤原本住的商住两用房的全租保证金，以及各自存的一些钱凑在一起，再向银行贷点款，用全租的方式租下了一间八十平方米的公寓，添置了一些家电用品，剩余的钱则拿去筹备婚礼、度蜜月。幸好郑代贤还有保证金[1]这笔多出来的钱，加上平时两人都认真存钱，没有过度浪费，所以不必向父母亲开口寻求资金支持即可完成婚礼。

1　韩国租房需要支付巨额的保证金，也就是押金。——编者注

金智英和郑代贤几乎是同时间踏入职场的。金智英因为和父母同住，除了零花钱以外没有其他生活开销。但是真正存下较多钱的人反而是郑代贤，因为他的薪水比金智英高很多，两人任职的公司规模差距也很大。金智英所属的行业本来就处于劣势，所以她心里多少也有个底，只是没想到会差这么多，不免有些无奈。

婚姻生活比想象中顺利。两人都是经常晚下班、周末也要加班的工作状态，所以经常一天连一顿饭都没一起吃过。他们偶尔会一起去看午夜场电影、买消夜，要是刚好周末都不用去公司加班，两个人就会睡到很晚，起床后吃着郑代贤烤的吐司，一同看介绍最新电影的节目。两人的生活宛如情侣约会，也有点像过家家。

结婚满一个月的那天是星期三，金智英加完班，好不容易赶上最后一班地铁回家，发现郑代贤早已回到家自行煮了泡面吃，他还洗好碗，整理完冰箱，边看电视边折衣服，等着金智英回家。餐桌上摆着一张结婚登记书，原来是郑代贤在公司里下载打印的，甚至已经请两名证婚人在上面签妥了姓名。金智英不禁笑出声来。

“干吗这么心急？反正我们已经办完婚礼，还住在一起了，有登记没登记不都一样吗？”

“心态会不一样。”

金智英原本看郑代贤如此急着办理结婚登记，不免既开心又期待，不知道是肺还是胃，总之是身体里的某个部位，仿佛充满着气体，令她感到飘飘然；然而，就在郑代贤回答“心态会不一样”时，宛如有一根又短又细的针刺向她的心，戳出一个小洞，原本胀鼓鼓的心，一点一点地泄了气。金智英并不认同郑代贤的那句话，她认为那张纸并不会改变一个人的心态。究竟是主张登记完心态就会不一样的郑代贤太有责任感，还是主张签不签都不会有任何心态改变的自己太专情？她一方面觉得这样的先生很可靠，一方面又对他产生了微妙的距离感。

两人并肩而坐，将笔记本电脑摆在面前，一一填妥结婚登记书上的空白栏。郑代贤填写自己的籍贯，每画完一笔就抬头看看电脑屏幕，仔细对照，金智英也和他差不多，这应该是他们有史以来第一次填写自己的籍贯。其他空栏则填写较顺利，郑代贤早已要到双方家长的身份证号，所以父母亲的资料也顺利填妥。然后，他们看到了登记书上第五项：子女的姓氏和籍贯，是否协议从母姓、从母籍？

“怎么办？”

“什么？”

“这个，第五项。”

郑代贤把第五项逐字念出来，转头看了看金智英，一副无所谓的样子，轻松说道："我觉得姓郑就好啦……"

二十世纪九十年代末，关于户主制[1]的争议正式浮上台面，主张废除户主制的团体也开始一一出现，有些人表示自己是冠父母双姓，也有知名人士勇敢坦言，自己从小因为和继父不同姓而遭受各种歧视和痛苦。当时有一部热门连续剧，就是讲述一名单亲妈妈面临孩子的生父要夺回抚养权的故事，金智英是通过那部剧才了解到户主制的不合理之处。当然，也有许多人誓死反对废除户主制，他们说要是废除掉户主制，将来的孩子就会宛如禽兽，连自己的父母、兄弟、姐妹是谁都不知道，整个国家就会变成一盘散沙。

最终，户主制还是被废除。二〇〇五年二月，基于违反两性平等原则而宣布了户主制违宪，并于二〇〇八年一月一日正式废除户主制[2]。从此以后，韩国再也没有所谓的"户籍"，取而代之的是人手一本家庭关系登记簿[3]，大家也过得安然无恙。子

---

1 韩国法律规定只有男性才能成为家族的法定家长，子女必须随父姓，即使母亲离婚、改嫁他人，其子女也终生不得改姓。——译者注

2 资料来源：《参与政府政策报告书》：《户主制废除：打破户主制，迈向男女平等社会》，二〇〇八年。

3 家庭关系登记簿与户籍誊本的最大差异在于，户籍誊本是以户长为中心列出家族成员，记录每一位家族成员的基本信息；而家庭关系登记簿则是以个人为单位，每个人都会拿到一本属于自己的家庭关系表，只记载本人、父母、配偶与子女三代的基本资料，以减少不必要的个人资料泄露。——译者注

女不再需要被迫从父姓，只要在进行结婚登记时，夫妻双方达成协议，即可从母姓、从母籍。然而，根据统计资料显示，废除户主制那年仅有六十五例申请从母姓的，自此之后每年受理的申请案例也仅约两百例[1]。

“也是，大部分人都还是从父姓，要是选择从母姓，别人还以为有什么隐情呢，到时候可能还要解释一堆、申请更改等，一定很麻烦。”金智英说道。

郑代贤用力点着头表示认同。金智英亲自在“否”栏位打了个钩，但不知为何，她心里有一股说不上来的郁闷。这个社会看似改变了很多，可是仔细窥探内部细则和约定俗成，便会发现其实还是固守着旧习，所以就结果而论，应该说这个社会根本没有改变。金智英反复咀嚼郑代贤说的那句“心态会不一样”，并思索着究竟是法律和制度改变人的价值观，还是人的价值观会牵引着法律和制度改变。

长辈们一直在等待金智英和郑代贤的“好消息”，他们也轮流做着不寻常的梦境，每次只要做到疑似胎梦，就会立刻打电话给金智英，关心她身体有没有动静。而几个月过后，大家开始纷纷担心起她的身体状况。

1　资料来源：《女性新闻》：《父母决定的姓氏，究竟是否符合性别平等》，二〇一五年三月五日。

金智英婚后第一次给公公过生日那天，就连住在釜山的亲戚也都聚集到郑代贤的老家吃午饭。在饭前准备、吃饭、饭后收拾的过程中，长辈们不停地向金智英询问到底有没有好消息，为什么还没消息，做过哪些努力，等等。虽然金智英都以还没有生小孩的打算作答，但他们似乎并不相信，自顾自地断定是因为金智英怀不上孩子，然后开始寻找各种原因：年纪太大，身形太瘦，或者看她手脚冰冷，一定是血液循环不良，不然就是看她下巴上长了颗痘子，推测一定是子宫不好……总之，他们似乎已经得出结论，问题就是出在金智英身上。郑代贤的姑姑悄悄对金智英的婆婆说："你这当婆婆的在干什么呢？还不快帮儿媳妇抓些中药来补补身子？可别让她埋怨你啊！"

金智英丝毫没有埋怨婆婆怎么没抓中药给她吃，最令她难以承受的反而是一次又一次被过度关切，她很想大声说自己非常健康，一点也不需要吃什么补品，生子计划应该是和丈夫两个人商量，而不是和你们这些初次见面的亲戚商量。但她一句话都说不出口，只能不停地说"没有啦，没关系"等场面话。

开车回首尔的路上，郑代贤和金智英一直在车里争吵。金智英觉得十分心寒，因为自己遭人误解身体有缺陷时，丈夫竟闭口不语，对此郑代贤的解释是，他担心要是帮金智英说话，只会使事情愈演愈烈。但金智英完全不能接受这样的说辞。郑代贤则认为是金智英太敏感，过度解读长辈的好意。金智英听到先生这么一说，更是对他失望透顶，原本用于解释的说辞到后来都成了吵架的契机，不停循环。

他们一路开车北上，中途都没有到服务区休息，直到车子在他们家地下停车场停好以后，沉默不语的郑代贤才终于开口："我想了一路，的确，如果你在我亲戚面前受了委屈，我应该为你挺身而出才对，因为比起由你亲自反驳他们，我应该更好开口；而今天要是我因为你的亲戚受到委屈，则由你为我出面。我们就这么说定吧！今天是我的错，我向你道歉，对不起。"

郑代贤突然把姿态放低，害得金智英无话可说，明明自己没做错什么，却不禁看着郑代贤的脸色回答："知道了。"

"以后，我有个办法可以不用再听他们的唠叨……"

"什么办法？"

"就生吧，反正迟早都得要孩子，没必要听他们在那里叨念个不停，趁我们还年轻，赶快生一个吧。"

郑代贤的口气一派轻松，仿佛是在对金智英说"我们买一条挪威产的鲭鱼吧"，或是"挂一幅克林姆的《吻》拼图吧"，至少在金智英听来是如此。虽然两人从未具体讨论过家庭计划或怀孕时间点，但是金智英和郑代贤原本都打算婚后要生小孩，郑代贤没说错什么，只是对于金智英来说，这并不是一件能轻易决定的事情。

比他们早一年结婚的姐姐金恩英也还没小孩，身边大部分朋友都晚婚，所以金智英从来没有近距离接触过孕妇或新生儿。她无法想象自己怀孕以后身体会起哪些变化，最重要的是，她没有信心兼顾育儿和职场生活。主要因为他们夫妻俩都是平日晚下班、周末经常要去公司加班，光靠托儿所无法解决他们的问题，加上双方家长都无法帮忙照顾小孩，她突然发现自己连孩子都还没怀上，竟然已经在烦恼要通过什么方式把孩子托付给其他人照顾，这不免令她备感自责。既然要如此满心歉疚、无法亲自陪伴孩子成长，那又何必要生呢？眼看金智英不停地叹气，郑代贤拍了拍她的肩膀，说道："我会帮你的，别担心。我会帮孩子换尿布、泡奶粉、用开水煮纱布杀菌的。"

金智英试图将自己所感受到的罪恶感解释给先生听，包括担心产后能否继续上班，以及都还没怀上孩子就在烦恼这些问题等，而郑代贤也静静地听着妻子的诉说，并适时地点头回应。

"智英，我觉得你不要只想着自己会失去什么，要多想想你会得到什么。成为父母是多么令人感动又有意义的事情啊！而且就算遇到最糟的情况，实在找不到可以托管婴儿的地方，导致你不得不离职，也别担心，我会负责养你们的，不会让你出去辛苦赚钱。"

“所以你失去了什么？”

“啊？”

“你不是说叫我不要老是只想着失去吗？我现在很可能会因为生了孩子而失去青春、健康、工作，以及同事、朋友等社会人脉，还有我的人生规划、未来梦想等种种，所以才会一直只看见自己失去的东西，但是你呢？你会失去什么？”

“我……我也一定不会像现在这样自由啊，可能每天都要早回家，所以不能见朋友，在公司加班或者参加同事聚餐可能也会有些不自在，工作完回来还要帮你做家务，肯定会比现在更累。然后呢，身为一家之主的我，嗯……抚养！对，还要抚养你们，所以压力也会非常大。”

虽然金智英试图不多做情感上的解读，努力接受郑代贤说的这番话，但是她觉得相较于根本不知道自己的人生会变成什么模样，丈夫所说的这些转变，都显得极其微不足道。

“是啊，你应该也会很辛苦。不过我绝对不是因为你叫我出去赚钱，才去上班的，是我自己喜欢，觉得有意思，不论是工作还是赚钱都是。”

虽然她努力压抑自己的情绪，却还是难掩心中的不甘，以及好像只有自己会有损失的心情。

周末早晨，两人到附近的植物园散步，植物园里遍布不知名的白色小草，密密麻麻地长在地上，郑代贤感到新奇，问金智英：“世界上还有白色的草啊？”金智英回答：“应该是某种草本植物。”两人踩着柔软的白色草地，慢吞吞地走了好一会儿，突然看见草地中央有一块像婴儿头部一样圆鼓鼓的绿色东西，他们走近一看才发现，竟然是一根白萝卜，又大又漂亮的白萝卜，下半截插在泥土里，只露出上半截。金智英一把拔起那根萝卜，没想到它白净无瑕，几乎不沾任何泥土。

当金智英把这个梦讲给丈夫听时，郑代贤笑着说：“这不是童话故事里才会出现的白萝卜吗？怎么会做这么奇怪的梦？”而如此奇怪的梦居然还真的是胎梦。

金智英经历了非常严重的孕吐期，光是打个哈欠、吸一口气就会觉得恶心想吐，除此之外没有其他特别疼痛或水肿、头晕等不适症状，只有胃消化变得不太好，以及便秘导致的小腹闷痛，偶尔也会感到腰酸。怀孕后她变得很容易疲累，最令她难熬的，就是要忍住强烈的困意。

公司为了体恤怀有身孕的女性员工，规定可以晚三十分钟上下班。当金智英宣布自己怀孕的消息后，和她同期进公司的男同事毫不掩饰地说：

“哇，真好啊，那以后不就可以晚三十分钟上班了？”

那你要不要也试试一直恶心想吐、吃不好、睡不好、想睡又不能睡、身体到处酸痛的感觉啊？金智英心里暗想，却什么话也没说。虽然她对男同事竟然不顾她怀孕后经历的所有不便与痛苦，一派轻松地说出那番话有些失望，但她也知道，对方不是自己的家人，无法全然体会也在所难免。眼看金智英什么话都没说，另一名男同事反而跳出来帮金智英说话。

“晚三十分钟进公司，也得晚三十分钟下班啊，结果还不都一样，你说的那是什么话啊？”

“我们也经常加班啊，又不会准时下班，她等于是多赚早上那三十分钟。”

金智英一气之下，说自己并没有打算比别人晚到公司，一定会和大家一样，一分钟都不差地准时上班。为了避开人满为患的地铁，每天早上她都要提前一个小时出门，而内心又悔不当初，气自己何必意气用事。她也想过，会不会因为自己这样坚持，导致公司其他女性后辈的权利被剥夺。但要是享受公司给予的权利与特殊待遇，就会被视为赚到便宜的人；要是不想变成同事眼中赚到便宜的人，就得咬牙苦撑、认真工作，然后害得其他同样怀孕的女同事也一起遭殃。

不论是出公差还是请半天假去妇产科产检，搭乘地铁时经常会有人让座给金智英，唯有上下班时间例外。金智英用手扶着感觉快要断掉的腰，安慰着自己，绝对不是大家冷漠，而是他们也已经很累了，根本无暇顾及他人；但是每当遇见光是自己站在对方面前就面露不耐与不悦的那种人时，坦白说心里还是会很受伤。

某天，金智英下班比较晚，地铁车厢里已经没有空座位，把手也全部被人占用，她好不容易找到一个车门附近刚好没人扶的栏杆，挪到那里，结果坐在她面前的一位看上去五十多岁的太太瞧了瞧她的肚子，开口问："几个月啦？"她不太喜欢被人注意，于是尴尬地回以微笑。太太再度询问："刚下班吗？"她只是简单地点头示意，并刻意将视线转移到别的方向。

"应该开始腰痛了吧？膝盖和脚踝也是，其实我上礼拜登山时刚好扭到了脚，现在这样坐着也会酸，不然就把座位让给你了。唉，要是谁能让个座给你就好了，一定很累吧？"

太太摆明了就是说给其他人听的，她说完还环顾四周，使得坐在附近的乘客都很不自在。金智英更是难为情，只好不断地摆着手，说："没关系，我可以站。"婉拒了几次，还是敌不过太太的热情，最后只好决定移动到别的地方去站。这时，原本坐在太太旁边、身穿印有大学校徽外套的年轻女子，一脸不耐烦地愤而起身，还撞了一下金智英的肩膀，故意说了句让她难堪的话。

“肚子都大成这样了，竟然还坐地铁出来赚钱，真不知道在想什么。”

金智英瞬间眼泪溃堤。原来我是这种人，尽管肚子大成这样，还只想着赚钱、坐地铁的人。她无处可躲，也没有东西可以遮挡止不住的泪水，情急之下，只好先下车。车站离家还有一段距离，她从没来过这个地方。举目四顾，都是陌生的街道，但她还是选择先走出车站。出租车沿着车站外的道路排成一排，司机在等待乘客上门，金智英上了第一辆出租车。其实地铁车厢内都是素未谋面的陌生人，继续留在车厢里哭也没什么大不了；虽然情急之下走出了车厢，也还是可以留在原地，搭下一班地铁回家。但她最后选择坐出租车，没有任何理由，那天她就是想坐出租车回家。

肚子比金智英的还要大的妇产科女医生，亲切地笑着，叫金智英可以开始准备粉红色的小衣服了。金智英和郑代贤对宝宝的性别并没有特别的偏好，但她心知肚明，长辈一定都很希望是个男宝宝，也有预感一旦告诉他们是女宝宝，就要承受各式各样的压力，所以心情难免有些沉重。金智英的母亲得知是女宝宝之后，说了一句：“下一胎再生个男孩就好。”郑代贤的母亲则表示：“没有关系。”然而，那些话听在金智英耳朵里很有关系。

这不是在老一辈中才有的事情。和金智英年纪相仿的女性友人，也经常分享自己第一胎是女儿，所以即将得知第二胎性别时特别紧张；因为第一胎就怀了儿子，在公婆面前可以抬头挺胸走路；得知怀的是男孩之后，可以尽情地买一些昂贵食品来吃等，大家都以稀松平常的口吻述说着。虽然金智英一直很想大声说，她也可以抬头挺胸走路，吃自己想吃的东西，这些都跟孩子的性别无关，但是感觉说了以后好像会显得自己更难堪，只好打消这个念头。

随着预产期临近，金智英的烦恼也越来越多。她烦恼着到底该不该只请产假，还是要请育婴假，或者干脆申请离职。当然，对金智英来说，先向公司请育婴假，然后再想别的办法以及决定去留，是最好的，但对公司以及她的同事来说，并不乐见于此。

金智英与郑代贤讨论了很多种可能性，他们将生完小孩马上回去上班、请一年的育婴假然后再去上班、永远不回去上班这三种可能写在纸上，并整理出每一种情况诸如谁会是孩子的主要照顾者、需要投入多少费用、分别有哪些优缺点等。要是夫妻都坚持继续工作，那么孩子就只能拜托在釜山的公婆帮忙照顾，或者请一名保姆来家里全天帮忙。

然而，拜托公婆照顾孙子还是有难度，虽然他们都表示愿意帮忙，但毕竟两位老人年事已高，婆婆甚至还动过腰椎手术；而夫妻俩对于请保姆一事又不是很放心，因为保姆不仅要照顾小孩，还要打理金智英一家三口的生活大小事，等于是所有生活、家务、时间都要和保姆共享，同住在一个屋檐下。光是要找一个会照顾孩子的人就已经够困难了，要找一个可以和平共处的陌生人更是难上加难。就算幸运地找到一名非常棒的保姆，费用也一定贵得吓人。而且，要请到什么时候？请到孩子能自行上学、去补习班、吃晚餐？那又是几岁呢？在那之前又要忍受多少焦虑不安与自责愧疚呢？最终，他们得出结论，夫妻之中一定要有一人放弃工作专职带小孩，而那个人只能是金智英，因为郑代贤的工作相对稳定，收入也较高，最重要的是，当时的社会风气普遍也都是男主外、女主内。

明明这些事情都早在自己的预料之中，金智英依然难掩失落。郑代贤拍着她垂落无力的肩膀，说道："等孩子大一点，我们再偶尔请保姆帮忙照顾一下，或者送去幼儿园，然后你就可以读你想读的书，或者找其他工作，趁这个机会或许还能转行做点别的事，我会帮你的，放心。"

郑代贤发自真心地说出这番话，金智英也明白他的意思，但心中还是不免冒出一把无名火。

“能不能不要再说‘帮’我了？帮我做家务，帮我带小孩，帮我找工作，这难道不是你的家、你的事、你的孩子吗？再说，要是我去工作，赚来的钱难道都只花在我身上吗？干吗说得好像是发善心帮别人做事一样？”

好不容易做完艰难的决定，却又对先生发脾气，金智英突然感到有些抱歉，于是主动向面露错愕的郑代贤说了声对不起，他则表示没关系。

金智英向老板递辞呈时，一滴泪也没流；金恩实组长对她说希望以后有机会再一起工作时，她也没哭；每天分批打包办公室个人物品带回家时，同事为她举办欢送会时，最后一天去公司上班时，她都没有丝毫感伤。离职第一天，她为准备出门上班的郑代贤热了杯牛奶，目送他出门，然后重回被窝里补觉，直到九点才醒来。她暗自盘算着，去地铁站的路上要买个吐司来吃，午饭要去吃全州食堂的豆腐渣锅，要是工作提早做完，不知道要不要看个电影再回家，还要去一趟银行领到期的存款。想着想着，她突然意识到自己已经没有工作的事实，原来自己的日常已经变得和过去不一样，在不同于以往的日常生活中，将充满不可预测与不可规划的事情，直到自己再次适应新生活为止。想到这里，她才终于流下了眼泪。

那是她的第一份工作，也是大学毕业后一脚踏入的第一个世界。很多人都说，社会犹如丛林般险恶，职场上交不到真心好友，其实不然。虽然那是一间不合理多过合理、付出大于奖励的公司，可是自从她不再属于任何团体，彻底变成单独的个体以后，才知道原来公司一直是非常可靠的后盾，同事大部分很好相处，大家都有着相似的品位和嗜好，比学生时期的朋友更处得来。尽管之前的工作并不能赚大钱，对社会也没有多大影响力，也不是什么能够做出实际产品的工作，但对金智英来说，却是十分有趣的一份工作。她通过完成主管交办的事项、职位升迁等过程，得到所谓的成就感，并深深自豪，可以用努力赚来的钱养活自己。然而，这一切都结束了，明明不是因为工作能力差或者不脚踏实地而搞丢饭碗，却依旧失去了工作；就如同拜托其他人照顾孩子并不等于不爱孩子一样，辞去工作在家带小孩也并不表示对工作就没有热忱。

金智英辞掉工作是在二〇一四年，韩国已婚女性每五人当中就有一人因为结婚、生子、育儿而辞去工作[1]。韩国女性的经济活动参与度明显在产后降低，二十至二十九岁女性的经济活动参与度显示为63.8%，但是到了三十至三十九岁的女性，则

1　资料来源：统计厅：《2015 年，通过统计数字看女性人生》。

跌落至 58%，四十岁以上的女性则再度攀升至 66.7%[1]。

金智英的预产期已经过了好几天，却迟迟没有任何产兆，孩子在肚子里越长越大，羊水也越来越少，于是他们决定催生。入院前一天晚上，金智英和郑代贤总共吃了四人份的烤五花肉，还各自吃了一碗米饭，然后提早就寝。金智英辗转难眠，既害怕又好奇，究竟生孩子会是什么感觉。她脑中浮现了一些记忆片段，诸如小时候姐姐帮她做手工作业，学校郊游日母亲包了寿司卷却忘记在里面放腌萝卜，孕吐严重时女同事买了爆米花给她吃……当时的心情与感觉再度鲜活地涌现。她直到清晨才终于睡着，其间也来回做了几次生孩子的梦。

金智英一早就抵达医院，换好衣服后，护士帮她灌肠，再把胎心监测仪围在她肚子上。她躺在待产室的病床上，被打了一支催产针，这才开始有困意。然而，每次将要入睡时，两名护士和一名医生就会轮流进来内诊。有别于过去一般产检时所做的检查，内诊的检查方式大不相同，他们的手指伸进阴道时，既粗鲁又用力，仿佛要抓住孩子的手，把她从肚子里取出来一样，身体里也经历了一场宛如台风或地震等级的肆虐。渐渐地，

1 资料来源：保健福祉座谈会：《工作经历断层，女性志愿政策的现况与课题》，第六十三页，二〇一五年九月，崔敏静著。

从最后一节脊椎开始感受到疼痛，阵痛周期越来越短，转眼间，金智英已经紧抓着枕头边角，声嘶力竭。阵痛持续不断，感觉像是把乐高人偶的上下半身往反方向用力扭转一样，她觉得有人在使劲扭扯着她的腰，子宫颈的口一直没开，孩子的头也还没降下来。自从正式进入阵痛期，金智英像着了魔似的反复说着："无痛，无痛，我要打无痛针，拜托了，帮我打无痛……"最后，无痛针为夫妻俩带来了约两个半小时的短暂平静，然而在无痛针失去效用以后，再次袭来的疼痛感，已经无法与先前的疼痛相比，简直痛不欲生。

孩子是在凌晨四点钟出生的。由于小宝宝实在太惹人疼，金智英哭成了泪人儿，比阵痛时哭得还要惨。然而，在接下来的日子里，宝宝只要一没人抱就哭个不停，不分昼夜地哭泣，金智英要抱着孩子做家务、上厕所，也要抱着孩子补觉。她每两个小时就要喂一次母乳，所以从来没法好好睡超过两小时的觉，却还得把家里打扫得更干净，并清洗孩子的衣服和手帕。她必须认真按时吃饭，只为了分泌出更多的乳汁。那段时间，是金智英人生中最常哭的时候，最主要的是身体真的吃不消。

金智英的手腕也已经到了完全动不了的地步。某个礼拜六早晨，她将孩子托给郑代贤照顾，去了一趟之前扭伤脚时就诊过的整形外科诊所。诊所就在他们家对面，老医生帮她看了一下手腕，说有炎症，但还不算严重，并询问她是否在做一些需要用到手腕的工作，当金智英回答自己刚生完小孩时，老医生点点头，表示可以理解。

“生完孩子关节本来就会变得比以前脆弱，如果在喂母乳，就最好别吃药了，你能来接受物理治疗吗？”

金智英摇了摇头。

“那记得不要太常使用手腕，只能让它多休息，自然会好。”

“可是我要照顾孩子、洗衣服、打扫家里……根本不可能不用到手腕。”

金智英语带无奈地低声说着，老医生不禁笑了。

“以前我们可是得拿着木棍敲打衣服清洗呢，还要烧柴火煮衣服消毒，蹲在地上扫啊拖啊，样样都来。现在洗衣服有洗衣机，还有吸尘器不是吗？现在的女人到底有什么好辛苦的？”

金智英心想，那些脏衣服不会自己走进洗衣机，也不会自己沾水淋洗衣液，洗完以后更不会自己走到衣架上把自己晾起来；吸尘器也是，不会带着吸头到处吸、到处拖。这医生真的有用过洗衣机和吸尘器吗？

老医生看着屏幕上显示的病历，为她开了一些喂母乳也可以吃的药，点击着鼠标。金智英不禁想，以前还要一份一份翻找患者病历、手写记录和开处方，现在的医生到底有什么好辛苦的？以前还要拿着纸本报告书去找主管签字，现在的上班族到底有什么好辛苦的？以前还要用手插秧，用镰刀收割水稻，现在的农夫到底有什么好辛苦的……却没有人会这样说。不论哪个领域，技术都日新月异，尽量减少使用劳力，而唯有“家务”始终得不到大家认同。自从成为全职主妇，金智英最深刻的体悟是：人们对“持家”的双重定义。有时持家会被看作“整天在家里闲着没事做”，充满贬义和歧视；有时则被看作“养活一家老小的事”，把你捧得高高在上，却又不会用金钱来换算这件事情，因为一旦有了定价，势必得有人支付。

金智英的母亲因为家里做生意，没办法照顾女儿坐月子。他们店面的周围开始有其他餐厅进驻，粥品店的生意大不如前，父亲为了节省人力成本，减少了店里的服务员，改由母亲上阵。不过幸好维持了一定的收入，供得起延期毕业的儿子。母亲一有空就会打包店里的粥品送去给金智英吃。

“都瘦到皮包骨了，还生了个孩子，又要喂母乳，一个人把孩子照顾得这么好，妈觉得你实在太了不起，原来母爱就是这么伟大啊。”

“妈养我们的时候是不是也这么辛苦？都没有后悔过吗？那时候的妈妈也很伟大吗？”

“哎哟，可不是嘛，那时候你姐也很爱哭，每天从早哭到晚，你都不知道我带她去了多少趟医院。孩子都生了三个，你爸从没换过一片尿布，你奶奶那时候还要求一定要准时做三餐给她吃，要做的事情真够多，永远睡不饱，全身酸痛，日子过得跟在地狱里没两样。”

但为什么母亲从没喊过一声累呢？不只是金智英的母亲，就连周围已经生过孩子的亲戚、前辈、朋友，也没有一个人告诉她最真实的育儿生活。电视和电影里只会出现可爱的宝宝，母亲也只说生孩子是一件伟大又美好的事情。当然，金智英一定会负责任地尽可能把孩子养好，但她实在不喜欢听到有人说她伟大或了不起，因为一旦挂上那样的头衔，似乎就会变得连叫苦都不应该。

金智英结婚那年，电视上播出了以自然方式生产的纪录片，也就是尽可能减少医疗团队的介入，让孩子和母亲成为主体，以最自然的方式产下婴儿。后来也出版了许多相关书籍，蔚为风潮。但这是攸关两条人命的事情，金智英认为还是有专业医生的协助最为安全，所以选择常规去医院生产。她认为任何一种方式皆无好坏之分，主要看夫妻双方的价值观以及经济能力是否允许。然而，当时不少舆论纷纷倾向于认为医院的处理方式与注射药物会对婴儿造成影响，这些影响虽然和前者没有绝对的因果关系，却让选择在医院生产的妈妈感到自责、不安。那些有轻微头痛就马上找止痛药来吃、光是点颗痣也要涂麻醉药膏的人，却要求母亲应该以最自然的生产方式，忍受身体和精神上的双重痛苦，以及一不小心就会丧命的恐惧，只因为这样看似比较有“母爱”，世界上会不会有名为“母爱”的宗教呢？信母爱，得永生！

“妈，谢谢你每次都送食物来，要不是有妈在，我早就饿死了。”

现在的金智英，能够对母亲说的话也只剩下感谢了。

和她同期进公司的姜惠秀请了一天假，买了一些孩子的卫生衣、尿布，还有女人的唇蜜，亲自送到金智英家中。

“什么是唇蜜？”

“就是我嘴巴上涂的这个，颜色不错吧？我和你肤色差不多，适合的唇蜜颜色应该也差不多。”

金智英很开心，至少姜惠秀没有说一些“妈妈也是女人”“别整天像个黄脸婆一样，多打扮自己”这种话，“这颜色感觉会适合你”这样就够了，非常好。金智英马上拆开唇蜜，试涂了一下，果然很适合，她顿时心情也开朗许多。

两人一起打电话叫了炸酱面和糖醋肉外卖，并把过去累积的话一口气统统讲完。金智英在聊天过程中也不忘喂女儿喝母乳、吃辅食，给女儿换尿布，并不时抱起哭个不停的女儿在家中来回走动，轻拍安抚。姜惠秀虽然说自己很怕弄伤小孩，连碰都不敢碰，但也帮忙将辅食放进微波炉里加热，拿尿布，收拾碗盘。姜惠秀一脸好奇地注视着沉睡的郑芝媛的脸庞，说道：

“真的好可爱！但不表示我想要生孩子、养孩子。”

“嗯，的确很可爱，但也不表示要叫姐生一个来玩，真的真的，没这个意思。但要是真有了，我会把芝媛的衣服洗干净留给你的孩子穿。”

“那要是我生的是儿子呢？”

“姐，你知道孩子的衣服有多贵吗？只要有人愿意拿恩典牌[1]给你，管它是粉红色还是大便色，都来者不拒！”

姜惠秀呵呵笑着。金智英这才想到要问她：“今天怎么会请假？难道最近不忙吗？”姜惠秀说最近整个公司人心惶惶，因为办公室对面的女厕里发现了偷拍针孔，最后证实是二十多岁的保安干的“好事”。大概在前年，管委会和新保安公司签约，把现有的警卫伯伯统统换成了年轻保安，有些人认为年轻人比较令人放心，有些人则认为保安比小偷还要可怕。金智英心想，那原来的警卫伯伯都去了哪里？

1　指亲朋好友赠送的自家孩子的二手衣物。——编者注

更令人诟病的是揭发偷拍针孔的一连串过程。保安定期将那些偷拍的画面上传到成人网站，而公司的一名男课长正好是该网站的会员，某天在网站上看见了那些女子如厕被偷拍的画面。课长当时感觉照片中的厕所、摆设、用品，以及那些被偷拍的女性穿着很眼熟，最后发现竟然是自己的同事。但没想到他居然没有报警或告知那些被害者，还将那些照片散播给其他男同事看。至今，大家都不知道究竟有多少男同事看过那些照片，也不知道他们传了多久，过程中都聊了些什么。总之，当其中一名男同事告诫自己同为公司职员的女朋友，叫她使用其他楼层的厕所时，感觉有异的女友不断地逼问他，最终才得知真相。但这名女职员还是没将这件事公之于世，因为她和男友的恋情还没有公开。她思考了许久，最终忍不住对一名非常要好的女同事说了这件事，而那名女同事正是姜惠秀。

“后来，我把事情告诉了所有女同事，也一起去把偷拍针孔找了出来，还报了警。现在那名变态保安和我们公司的变态男同事也都在接受警方调查。”

“天啊，好恶心，实在太恶心了！”

一时之间，金智英想不到可以用什么词形容，只想到恶心这个词，接着又不禁回想：那我该不会也被偷拍到了？公司男同事也看到了吗？现在正在网络上流传吗？姜惠秀似乎察觉到金智英在想什么，补充说道："装设偷拍针孔是在今年夏天。"也就是金智英离职后才有的事。

"我其实在接受精神科医生的治疗，虽然外表看似正常，还故意笑得很大声，一副开朗的样子，但其实我真的快疯了。现在只要和陌生人眼神交会，就会一直想着那个人是不是也看了我上厕所的照片；听到有人在笑也会觉得一定是在嘲笑我。公司里大部分女同事都在吃药，接受心理咨询。静恩甚至因为吃太多安眠药而被送去急诊室，总务部门的两名女职员和崔慧池代理、朴善英代理则干脆选择了离职。"

要是金智英继续留在那家公司工作，很可能也会惨遭偷拍，然后和其他女同事一样整天提心吊胆、接受心理治疗，最后选择离职也不一定。她万万没想到，流传私密照这种事情竟会如此容易地发生在普通人身上。不论是在厕所里装设偷拍针孔的男性保安，还是传播那些照片的男同事，都令姜惠秀觉得世界上已经没有可信的男人。

"结果，那些接受调查的男同事居然还说我们太过分，他们认为针孔又不是他们装的，拍摄者也不是他们，只不过是在一个任何人都可以浏览的网站上看照片，就被当成性犯罪者。但他们明明就在传播照片、助长犯罪，却完全不觉得这样做有什么不对，一点基本常识都没有。"

现在金恩实组长召集了几名精神状况还算良好的受害者，接受一些女性团体的协助，正勇敢面对这起事件。金恩实组长甚至在筹备一家新公司，打算把公司里的女职员统统带走，因为她们要求公司要有具体的道歉以及承诺，防止类似事件再度发生，负责人也要接受惩处，但公司老板只想息事宁人，不断地说："要是这件事情在业界传开，那公司该怎么办？""那些男同事都有父母妻儿，一定要把他们逼上绝路才甘心吗？""站在女生的立场，把这件事情闹大不也没什么好处吗？"与同龄的韩国男性相比，老板的观念、想法还算是比较与时俱进的，没想到竟然会从他口中说出这些自私自利、只想自保的谬论，金恩实组长实在听不下去，忍不住说："既然他们都有父母妻儿，就更不应该做那种事情，而不是可以因此得到原谅。老板，先从您的观念开始改变吧，您要是继续用那种价值观在职场上混，就算这次的事情让您侥幸过关，之后类似的事情一定还会层出不穷。从过去至今，您应该知道自己一直都没有接受过完整的公司性骚扰预防教育吧？"

其实金恩实组长内心也充满恐惧，早已心力交瘁。不论是她还是姜惠秀，还有一起为这件事情担忧的其他受害者，每个人都希望这件事尽早落幕，回归日常。讽刺的是，当加害者在担心自己很可能会有一些鸡毛蒜皮的损失时，受害者则必须做好很可能会失去一切的心理准备。

郑芝媛刚满周岁便开始上幼儿园，没想到很快就适应了学校生活。每天早上九点半前到幼儿园吃早餐，玩一会儿再吃午饭，下午一点前回到家里，洗好澡再睡午觉。扣掉接送孩子的时间，金智英会有三个小时左右的空闲，然而，那段时间也不全然属于她自己，她必须抓紧时间洗衣服、洗碗、整理家务、张罗孩子要吃的零食和饭菜，真正能利用那段时间悠闲喝杯咖啡的机会少之又少。

实际上，照顾零到两岁子女的全职主妇，一天当中大约有四小时十分钟的闲暇时光；将孩子送去教育机构的主妇，则有四小时二十五分钟左右的闲暇，等于一天只多出十五分钟，但这并不意味着将孩子送去教育机构的主妇就能够好好休息，差别只在于做家务时孩子有没有在身边罢了[1]。当然，对金智英来说，光是能够放心专注地做家务这一点，就已经令她心满意足，总算能好好喘口气。

幼儿园的老师说，芝媛个性温和，适应力好，应该可以试着在学校待到睡完午觉再回家，虽然金智英表示暂时还是让女

1 资料来源：《韩民族》（*Hankyoreh21*）第九四八号《全职主妇的结局》。

儿待到吃完午饭就好，但听老师这么一说，不禁动起了试试看的念头。

芝媛出生前，郑代贤和金智英靠着两份薪水和认真储蓄，好不容易还清了向银行贷款的全租金。然而，就在房子租满两年之际，房东按照周围房租时价，将保证金涨了六千万韩元[1]，使得夫妻俩不得不再次向银行贷款。光靠郑代贤一个人的收入，根本不敢妄想能买一间小公寓，让一家三口不用担心搬家、保证金等问题；等芝媛长大，上了幼儿园、开始补习之后，会更难负担那些费用。金智英感受到自己也得赚钱贴补家用的压力，房价、物价、教育费……无尽的开销摆在她眼前。只要不是能领到巨额遗产，或者从事极少数的高收入行业，每个人都生活得苦不堪言。

金智英的周围也有许多女性朋友是从孩子上学以后重回工作岗位的，有些转行做自由职业，有些则当家教、补习班讲师，或者创业开设 K 书中心[2]，不然就是跳入补习市场。更多人选择以打工为生，诸如当超市收银员、服务人员、饮水机管理员、电话客服等。产后离职的女性有一半以上都会面临五年以上找

1　约合人民币三十六万元。——编者注

2　提供收费自习场地的场所。——编者注

不到新工作的窘境，尽管好不容易找到新工作，能够从事的行业与能享受的待遇也明显不如产前。与产前的职场相比，二次就业的妇女选择在四人以下小型事业体工作的比例多了一倍，进入制造业的与成为企业上班族的明显减少，反之，进入住宿、餐饮业、零售业的则变多，薪资条件也不太理想[1]。

自从义务教育开始实施，大家对年轻妈妈形成了刻板印象，认为她们都把孩子送去幼儿园，自己去喝下午茶、做指甲、逛商场。然而，如今在韩国真正拥有那样雄厚财力的三十几岁的女性真的不多，只占极少数，多数还是领着最低薪资在餐厅、咖啡厅里端盘子、送餐点，帮别人做指甲，在百货公司里销售商品。自从有了女儿，金智英每次看见与自己年龄相仿的女性，就会好奇对方是否有小孩、小孩多大了、小孩托谁照顾等。经济不景气，高物价，恶劣的职场环境……其实人生中的各种苦难，谁都会面临，无关性别，只是许多人不愿承认这点。

金智英把女儿送去幼儿园以后，准备到超市买菜。在超市入口的冰激凌专卖店门口，贴着一张招聘海报，工作时间是早上十点至下午四点，时薪五千六百韩元[2]，并欢迎二次就业妇

---

1 参考资料：《2015 KEIS 劳动市场分析》：《经历断绝女性现况与政策课题》，金英玉著。

2 约合人民币三十四元。——编者注

女前来应征。金智英顿时眼前一亮，看了一眼里面的店员，应该也是一名主妇。她决定进去买一球冰激凌，顺便问问招人的事情，没想到竟得到了非常亲切的说明。那名店员说她自己也是两个孩子的母亲，自从孩子上幼儿园，自己出来工作已经四年了，因为老大要上小学了，才决定离职，不然其实很舍不得离开。

“这家店在超市里，所以平日客人不多，天冷时更清闲。一开始我挖冰激凌挖到手臂酸痛，后来找到诀窍就慢慢习惯了。”

“可是您都做了两年以上，不是可以转正职了吗？”

“哎哟，怎么会有这么天真的想法呢？现在有哪个打工单位是和你签合约、帮你买四险[1]的啊？都是老板直接跟你说：‘那就明天来上班吧。’你回答：‘好的，没问题。’这样彼此口头承诺的。然后按时把薪水汇进你或你老公的户头里，都是这样啊。不过老板说我做得算久，所以多少会补给我一点退休金。”

不知道是不是因为同为母亲，还是因为金智英问了个天真的问题，店员有点替她担心，提醒她孩子送去幼儿园以后，会多出很多时间，她找不到比这份工作更好的了，并承诺会先把招聘海报撕下来，叫她尽快考虑回复。金智英告诉店员自己会

---

1 指国民年金、健康保险、雇用保险和工伤保险。——译者注

回去和先生商量一下，转身准备离开，这时店员补了一句：

"我也是大学毕业的。"

店员突如其来的一句话，竟惹得金智英突然哽咽想哭，回家的路上，一直言犹在耳。郑代贤傍晚下班以后，金智英询问了他的意见。他看了看时钟，思考了一会儿，反问道："这是你想做的事情吗？"

其实金智英并不喜欢吃冰激凌，应该说对冰激凌根本毫无兴趣，也不觉得自己将来会研究冰激凌相关的学问或者从事相关行业。努力工作也未必能转成正职或升上去当主管，也不可能调进总公司的某个部门工作，时薪可能只会按照每年的最低薪资调升幅度增长。虽然是一份看不见未来的工作，眼前的优点却具体可见，因为每个月能为平凡上班族家庭带来近七十万韩元[1]的额外收入，自然不容小觑。只需要接送孩子上幼儿园，不用另请保姆，也可以适当地兼顾育儿与家务。她很难抉择。

"这真的是你想做的工作吗？"郑代贤再次问。

金智英回答："倒也不是。"

"当然，人不可能只做自己想做的事，但是智英啊，我现在

---

1 约合人民币四千二百一十四元。——编者注

就在做自己喜欢的事情，可是我做着自己喜欢的事，却害你不能做你喜欢的事，现在甚至还要让你去做自己不喜欢的事，我真的做不到。总之，这是我现在的想法。”

金智英上一次烦恼自己未来的出路是在十年前，当时她认为，找工作最重要的是看符不符合自己的性格和兴趣，但这次她需要考虑的条件变多了。其中，首要条件是可以尽可能自己照顾女儿，不需另请保姆，能趁孩子托管在幼儿园时就能完成的那种工作。

任职于公关代理公司时，金智英一直很想成为一名记者。虽然从现实层面来看，成功通过媒体机构的公开招募面试根本不可能，但她总觉得可以挑战看看当自由记者或自由撰稿人。一想到自己的人生可以重新开始，她就感到十分雀跃。她先去查询了一下培训记者的相关补习班，发现课程大部分都在晚间时段，也就是上班族下班后刚好可以去上课的时间，那时幼儿园也早已下课，就算郑代贤准时下班回家，她也得等他回到家才能出门上课，那时课程早上完一大半了。后来她灵机一动，想那就在自己上课期间请临时保姆照顾一下，但后来发现愿意接受短时、短期工作的保姆少之又少。都还没正式开始工作，只是去听讲座学习如何工作，就要另请保姆照顾孩子，这点让她很无奈。更何况上课费用加上保姆费用，也是一笔不小的金额。

写作培训班白天的课程，大部分是面向把写作当成兴趣的学员，或者准备考讲师执照的学员，而这里所指的讲师执照，主要是指导儿童学习阅读、论述、历史的讲师。也就是说，要是生活宽裕就把写稿当兴趣，不怎么宽裕就用这技能来教自己的孩子或者别人的孩子吗？金智英突然觉得生完小孩以后，好像连兴趣和才能都被局限了。令她感到满心期待的事情越来越少，取而代之的是令人疲惫的无力感。过了一段时间，她重回那家冰激凌专卖店，发现他们早已雇用了新员工。当下金智英便决定，以后再出现时间和条件都符合她需求的兼职工作，不论是什么行业，都一定先做再说。

转眼之间，天气渐凉，炎暑已消，正式进入了秋天。金智英到幼儿园接芝媛，把她放进推车，打算带女儿晒晒太阳、透透气。她们前往附近的公园，金智英走着走着，发现女儿在推车里早已睡着。她犹豫了一下要不要干脆折返回家，但是，天气实在太好，于是她决定继续走走。公园对面一栋大楼的一楼新开了一家咖啡厅，正在进行开业促销，金智英于是点了一杯美式咖啡，带到公园，在长椅上坐下来慢慢享用。

芝媛睡得香甜，嘴角流出一大摊口水。难得在外悠闲地喝杯咖啡，美味程度自然更胜以往。一旁的长椅上坐着几名三十岁出头的男性上班族，同样也在喝那家咖啡店的咖啡。金智英明知道他们的工作有多么辛苦烦闷，却还是难掩心中的羡慕，观望他们许久。就在那时，其中的一名男子发现金智英在看他们，便与同行的友人窃窃私语。虽然金智英听得不是很清楚，但隐约听见他们在说："我也好想用老公赚来的钱买咖啡喝，整天到处闲晃……妈虫[1]还真好命……我一点也不想和韩国女人结婚……"

金智英快步离开了公园。她已经顾不得热腾腾的咖啡洒在手上。中途孩子惊醒哭泣她也没发现，只想径自冲回家躲起来。那个下午，她茫然失措，不小心把一碗忘记加热的冷汤喂给孩子喝，也忘记帮孩子穿尿不湿，结果尿了她一身，还彻底忘记自己洗了衣服这件事，直到芝媛睡着后她才发现，急忙去晾已经皱巴巴的衣服。郑代贤在深夜十二点钟才结束同事聚餐，回到家中。他买了一包鲷鱼烧给金智英，当他把鲷鱼烧放在餐桌上时，金智英才意识到自己一整天什么也没吃。她告诉郑代贤自己没吃午饭也没吃晚餐，他问她发生了什么事。

"他们说我是妈虫。"

1 韩国网络流行语，带有贬义，原指没有把小孩管教好的妈妈，后来变成暗讽有小孩的母亲整日无所事事，过着靠老公养的生活。

郑代贤长长地叹了口气。

“那些留言都是小屁孩写的，那种话只会在网络上出现，现实生活中不会有人这么说的，没有人会说你是妈虫。”

“不，我下午亲耳听到的，在对面那座公园。他们看起来应该有三十岁，西装笔挺，人模人样的，但那几个男人真的是这么说我的。”

金智英把白天发生的事情一五一十地讲给郑代贤听。当时她只觉得不知如何是好，也感到丢脸，所以一心只想着逃离现场，但事后回想，她不禁气到脸颊涨红，甚至手都会发抖。

“那杯咖啡只要一千五百元[1]，那些人也喝着同样的咖啡，所以应该很清楚价格。老公，我难道连喝一杯一千五百元的咖啡的资格都没有吗？不，就算今天这杯咖啡是一千五百万元好了，我用我老公赚的钱买什么东西到底关他们什么事？我又不是偷老公的钱来用，我赌上自己的性命把孩子生下来，甚至放弃了自己所有的生活、工作、梦想，只为了带孩子，我却成了他们口中的一只虫，你说我接下来该怎么办？”

郑代贤不发一语，紧紧地将金智英搂进怀里，他也实在不知道该说什么，只好不断地轻拍着金智英的背给予安抚，并适

1 约合人民币九元。——编者注

时地反复说："别这样想……"

金智英偶尔还是会变成另一个人，有时是还在世的人，有时是已过世的人，但她们都有个共通点——都是她周围的女人，而且怎么看都不像是在开玩笑或者捉弄人。她真的是完美且惟妙惟肖地，彻底变成了那个人。

二〇一六年

所以不论是多么有能力，表现多么优秀，只要解决不了育儿问题，女职员都免不了会带来这些困扰。

◇

根据金智英与郑代贤的陈述，粗略整理金智英的人生大概就是如此。她每周来接受两次心理咨询，一次四十五分钟。虽然她的症状好转了许多，变成别人的频率也大幅降低，但仍未痊愈。我为了帮助金智英解决当下的抑郁与失眠问题，开了一些抗抑郁的药物和安眠药给她。

刚开始听郑代贤诉说妻子的症状时，我怀疑会不会是过去只在书上看到过的人格分裂，亲自见过金智英以后，才确定应该是典型的产后抑郁延伸到育儿抑郁所致。但是随着一次又一次的咨询，我变得越来越没把握，并不是因为金智英出现抗拒反应或自我封闭，而是因为知道金智英选择的人生之后，我意识到是自己太急于诊断，这并不是误诊，而是原来还有我从未想过的一面。

她通常不会马上抱怨自己当下遭受的不当待遇或痛苦，也不会一直沉浸在儿时的伤痛当中，虽然不容易先开口，但一旦打开了话匣子，就会愿意主动对你掏心掏肺、侃侃而谈，讲得有条有理。

要是我只是一名平凡的四十多岁的男性，可能一辈子都不会知道这些事。我想到了我的妻子，我俩是大学同学，她比我会读书，也比我更有雄心壮志，然而她最终放弃了大学教授的工作，改当领固定薪水的医生。想到她最后离开职场的过程，我终于知道，原来身为韩国女性，尤其是孩子的母亲，背后究竟饱含了多少不为人知的辛酸。其实身为不是生产与育儿主体的男性，在没有像我这样遇到金智英这样的特殊案例前，不了解也是必然。

我父母的家在其他城市，太太娘家又远在美国，只好把孩子送去幼儿园，并轮流拜托不同的保姆照顾，如此这般，好不容易才苦撑下来。孩子终于上了小学后，下课后会送去安亲班[1]，跟老师学跆拳道、跳跳绳，等待母亲下班去接他。妻子对我说，她好像这才总算能好好喘口气。但是，就在暑假开始前，妻子被老师请去学校一趟，原来是因为孩子把笔芯插进了同学

---

1 是指孩子课外的托管班，因有助于解决家长接送孩子、辅导孩子写作业的负担，所以被称为“安亲班”。——编者注

的手背。

老师说孩子上课时老是在教室里来回走动，还会在汤里吐口水再喝，踹同学的小腿，还对老师说脏话。妻子听到后简直不敢相信，虽然过去孩子经常哭闹说不想去幼儿园，叫妈妈不要去上班，但在大家眼里还是个乖巧温顺的孩子。尽管曾被人推打或咬伤过，却从未主动去伤害他人。班主任告诉妻子，孩子很可能是注意力不足多动症（ADHD），不论我怎么说我们孩子的情况不属于这个症状，妻子也不愿意相信。

“我是精神科医生，你难道不相信我吗？”

妻子瞪了我好一阵，说道：“你得亲自见过患者，看着他的眼睛，听他说点什么，才能诊断出个所以然吧。我看你一天和孩子相处根本不到十分钟，你知道什么啊？甚至就连那十分钟都还只盯着手机屏幕，你真的了解他吗？光看他睡着的样子就能诊断？听他的呼吸声就能知道？你这么神通广大吗？”

那段时间，我为了筹备诊所扩大规模的事情忙得不可开交，用手机主要是为了处理公事，收发电子邮件或发信息，联络相关人士，偶尔会顺便看看网络新闻，但我发誓绝对没有玩游戏或和别人聊天。然而妻子说的全部属实，我也无话可说。虽然孩子注意力不足与妻子上班看似毫无因果关系，但是班主任建议，孩子这个年纪最好还是有母亲在一旁陪伴，所以妻子最终做出了离开职场的决定。她得比以前上班时起得更早，帮孩子准备早餐，再把他叫起床，亲自帮他洗脸刷牙，喂他吃饭，帮他穿衣服，送他去上学，接他回家，请美术和钢琴老师来家里指导。到了晚上，妻子会陪他一起睡，她说，等孩子情况稳定了，她就会重返职场。她也已经和公司前辈说好，会为她保留一个工作岗位。然而不久之后，她发现孩子的情况丝毫不见好转，只好主动打电话给前辈，请她取消那个保留职位。

那年最后一天，我难得和高中同学聚餐，顺便一起跨年，回到家已经很晚了。我看见妻子坐在餐桌前，埋首认真地在写东西，我走近一看，原来她在做习题。那是一份色彩缤纷、几乎半页都是可爱图案和照片的小学数学习题本。

"你怎么在帮孩子写作业？"

"因为现在是寒假啊，而且现在的小学老师已经不再布置这种习题作业给小孩了，哎呀，你不懂啦。"

"那你这是在干吗？"

"就……单纯想解题啊。我看最近小学生的数学题和我们小时候学的不太一样，变得难多了，解得好过瘾。你看这个，这真的是首尔的公交车系统，然后这题就是叫你对照这个表和地图以及路线图，来猜是哪一路公交车，不觉得很有趣吗？"

老实说，我觉得并没有有趣到需要熬夜来解题，但当时我实在太困也太累，只好随便敷衍了一下，便走进房间休息。

周末，当我在处理家中的垃圾时，赫然发现废纸箱里堆满了小学数学习题，仔细一看都写满了妻子的解答。这之前丢过那么多写满的习题本，还以为是儿子非常用功地在读书。有些人可能会将此视为妻子的特殊兴趣，或只是她的可爱举动而不以为意，我却嗅到了不寻常之处。我太太是数学天才，学生时期经常参加各种数学比赛，获奖无数，高中三年期间也创下了十二次期中、期末考数学成绩全部满分的夸张纪录，听说只有在大学联考时，数学科目很可惜地出现过一题失误，所以我不明白她怎么会一直在解小学数学习题。我问她原因，也只得到一句简短的回应："因为有趣啊。"

"依你的水平怎么可能会觉得这很有趣？应该简单到不行才对吧。"

"很有趣，非常有趣！因为现在能按照我的意愿做的事情就只剩这个了。"

妻子依旧写着小学数学习题，我希望她可以做点其他比这更有趣，她更擅长、更喜欢的事情，不是因为只剩下这件事可做，而是做她真正想做的事。我同样希望金智英也可以做自己真正想做的事。

我看着摆放在办公桌上的全家福，那是在孩子满周岁时去照相馆拍摄的，照片中儿子稚嫩的脸庞早已和现在大不相同，我和太太则和现在的样子差不多，原来这是我们至今唯一的全家福。正当我满心自责时，有人敲门，看来还有人没下班。

咨询师李秀莲医生小心翼翼地走进来，把一盆仙人掌放在窗边，对我说了一些程式化的道别台词："很感谢过去的关照""不好意思""希望之后还有机会一起共事"等，我也回以机械式的台词："很可惜""很感谢""可以的话一定要再回来上班"等。今天是李医生最后一天上班，听说妇产科医生叫她乖乖地躺着安胎，不知为何还在诊所里待到这么晚。

"我想整理一下病患的转诊资料。"

可能是因为我面露惊讶，还没等我开口询问，她便自动回答了。李秀莲医生是一年前通过院长引荐加入诊所的，她和先生结婚六年，最近才好不容易怀上孩子，但是听说胎儿状况不是很稳定，经历过几次流产危机的她，决定先"暂时"离职。虽然一开始我觉得她应该休息一两个月就好了，没必要离职，但后来想到等她生产时还得再次请假，之后又可能因为产后身体不适、孩子生病等理由缺勤，直接离职也未尝不好。

当然，这位医生是非常优秀的员工，长相美丽可人，穿着整齐得体，亲和力十足。她甚至记得我爱喝的咖啡品牌和口味，每次都会多买一杯给我；面对同事、患者也总是笑脸相迎，会亲切地主动问候，让诊所里的气氛变得温馨许多。但是，因为她离职决定得太仓促，导致取消咨询的患者比转诊的患者要多，站在诊所的立场上，等于是失去了一拨患者。所以不论是多么有能力，表现多么优秀，只要解决不了育儿问题，女职员都免不了会带来这些困扰。我暗暗决定，下一个人一定要找未婚单身的才行。

亲爱的读者：

若您读完本书深有感触，欢迎发邮件或写信到编辑部，分享您的感受或真实经历。可以采用“XX年生的XX”格式署名，若您愿意授权，编辑部会以这些信举办小型展览，让这本书引起的回响被看见。

信件可寄往：
北京市西城区德胜门外大街83号德胜国际中心B座10层　邮编：100088
任菲（收）

邮件可发往：
jinzhiying1982@163.com

| 作者的话 |

我总觉得，金智英一直生活在我们周围，可能是因为她和我的女性友人、前辈、晚辈以及我自己都十分相像。其实写这本书的过程中，我对金智英一直充满着不舍和无奈，但我清楚地知道，这就是她的成长背景、她的生活，别无他法，因为我自己亦是如此。

我认为，对于凡事总是谨慎做决定、忠于自己的选择、全力以赴的金智英来说，这个社会应该给予她合理的补偿与鼓励，也应该给予她更多机会和选择余地才是。

我自己有一个比芝媛大五岁的女儿，她说长大以后想要当航天员或科学家。我希望，我相信，也努力地想办法让女儿的成长背景可以比我过去的成长环境更美好，由衷期盼世上每一个女儿，都可以怀抱更远大、更无限的梦想。

赵南柱

二〇一六年秋

你我身边的金智英

——金高莲珠（女性主义研究学者）

一般说来，小说中的主角往往很独特，独特的主角究竟能活出多么具有说服力的人生，甚至会左右一本小说的精彩程度；但是这本《82 年生的金智英》里的主角，极其平凡又似曾相识，一点也不奇特。由此可见，追求普遍性而非特殊性，正是这本小说最特殊之处。

金智英是个再平常不过的名字，相信每个人周围一定都有个名叫金智英的朋友。统计调查显示，一九八二年出生的女性当中，最常见的名字也的确是“金智英”。一九八二年生，正值三十多岁的年纪，而这本书的书名，恰好充分浓缩了这本小说的目的——刻画当今女性的普遍人生。

在这个强调多元化与个人魅力的时代，代表着当今女性的这个人物，究竟富含什么样的意义？“活出自我”，找寻何谓“自我”，显然成了每个人不得不面对的课题。不，更确切地说，每个人都要找出“自我”，但最终发现这并不容易。因为“自我”的形成来自发掘自己和他人之间的差异，但是足以构成“自我”的差异性并不多。当然，因为构成自我定位的元素非常多，所以每个人会随着自己更看重哪一方面而拥有截然不同的个人经历。但是在无数种定位当中，其核心还是摆脱不了“性别”，如果专注在“女性”这样的定位，便不难发现有一半以上的韩国人都在经历着相似的事情，因为社会性别（Gender）是一种强而有力的“体制”，会作用在爱情、婚姻、家庭成员组成、生育、高龄化等私领域，以及经济、宗教、政治、媒体、学校等所有公领域。

书中提及的故事十分写实，从金智英的童年、学生时期、职场生活到婚姻生活，相信只要是女性，都会对这些内容感到很熟悉，甚至在翻页时都可以想到接下来会发生哪些事。或许读者朋友会希望故事发展出出人意料的情节，引领他们期盼着“金智英不要走我走过的路……”，很可惜，幸运之神最终并没有特别眷顾金智英，她反而和我们走着大同小异的人生之路，阅读到最后，你甚至分不清自己究竟是金智英，还是金智英其实就是自己，因为她的人生正好如实地呈现着“身为女性的人生”[1]。

金智英的人生究竟为何和女性读者的人生如此相像呢？单纯只是因为都是同时代女性的缘故吗？如果只是时代问题，那还算幸运，表示金智英的女儿郑芝媛可以免于走同样的道路，在不同时代下活出不同人生。但最终这份希望会不会落空呢？金智英不也过着和她母亲吴美淑一模一样的人生吗？她的母亲一直希望女儿可以活出不一样的人生，然而，当金智英正走着与母亲相同的道路时，女儿郑芝媛就保证不会重蹈覆辙吗？不，我反而认为金智英的母亲在某些地方甚至比金智英过得更好，因为母亲至少可以将自己的想法和情感如实地表达出来。

金智英的母亲原本只是小学毕业，之后便帮助家里务农，直到十五岁那年才北上首尔。当年年仅十几岁的母亲和姨妈为了工作赚钱，整天吃不好也睡不好，用辛苦赚来的钱供大舅当上医生、让二舅当上警察、让小舅当上教师；但是母亲与姨妈则必须靠自己昼耕夜读才好不容易拿到初、高中文凭。像这样撑起一家人，甚至说她们撑起了整个韩国经济也不为过的少女，婚后也同样撑起了自己的家庭。

1　资料来源：《社会性别与社会》：《社会性别与社会结构》，第六十八页，Dongnyok，二〇一四年，金贤美著。

“明明粥品店是我说要开的，这间公寓也是我买的，孩子们是自己读书长大的，你的人生走到现在的确已经算成功，但这绝对不是你的功劳，所以以后要对我和孩子们更好，听见没有？看你这浑身酒气，今天你就睡客厅吧。”

“是，当然！一半都是你的功劳！小的听命！吴美淑女士！”

“什么一半，少说也是七比三好吗？我七，你三。”（077 页）

我们的母亲大部分经历过这样的人生，小时候在田里、工厂里工作，婚后则是有什么副业就做什么，不然就是自己开店做生意，咬紧牙关想办法筹钱，拉扯孩子长大。但是真正能像吴美淑一样大声说这些功劳都是因为自己的母亲有多少？相较于对自己感到十分自豪的母亲，金智英反而没有这样的气魄。反观金智英的人生时，有个画面一直不断地浮现在我眼前——忍气吞声的画面。

学长和平时一样用温柔的口吻关心着金智英。虽然她心中冒出了“口香糖睡什么觉啊”这句话，很想当面让学长难堪，但最后还是咽了回去。（081 页）

所以是叫我付钱感谢一辆空出租车的司机愿意慷慨相助

大魚讀品

A
BOOK
MUST
BE
THE
AXE
FOR
THE
FROZEN
SEA
INSIDE
US

所谓书，必须是砍向我们内心冰封大海的斧头

—

卡夫卡

KAFKA

THE UNLIKELY PILGRIMAGE OF HAROLD FRY

一个人的朝圣

[英] 蕾秋·乔伊斯 著 黄妙瑜 译

欧洲首席畅销小说，热销 5 年不衰，入围 2012 年布克文学奖。全球销量过 4,000,000 册，简体中文版销量过 1,500,000 册。

这一年，我们都需要他安静而勇敢的陪伴。

一个人的朝圣（精装版）

[英] 蕾秋·乔伊斯 著 黄妙瑜 译

80 万册精装纪念版，收录作者长篇专访、原版木刻插画、作者给中国读者的信，赠英文别册。

献给每一次对生活的胜利，对悲伤的疗愈，对爱的唤回。

THE LOVE SONG OF MISS QUEENIE HENNESSY

一个人的朝圣 2：奎妮的情歌

[英] 蕾秋·乔伊斯 著 袁田 译

布克奖入围作品《一个人的朝圣》相伴之作。

献给每一次对生命微小瞬间的朴素歌唱，对自我的照见，对爱的唤回。

RACHEL JOYCE

PERFECT

时间停止的那一天

[英] 蕾秋·乔伊斯 著 焦晓菊 译

触动万千读者的全球热销书

《一个人的朝圣》作者口碑新作。

别害怕失去生活的勇气，因为它一刻也未曾离开过我们。

THE MUSIC SHOP

奇迹唱片行

[英] 蕾秋·乔伊斯 著 刘晓桦 译

全球热销 5,000,000 册、感动 38 国的口碑之书

《一个人的朝圣》作者蕾秋·乔伊斯沉淀三年重磅新作

你所有的烦恼忧愁，都能在这家唱片行得到倾听和治愈。

TATIANA DE ROSNAY

SARAH'S KEY

莎拉的钥匙

[法] 塔季雅娜·德·罗斯奈 著 余小山 译

连续156周盘踞《纽约时报》畅销榜

平均每年销量100万册，持续畅销11年!

一个女人和一个小女孩，跨越60年的生命相连，

触动你心灵的一生之书

FREDRIK BACKMAN

EN MAN SOM HETER OVE

一个叫欧维的男人

[瑞典] 弗雷德里克 · 巴克曼 著　宁蒙 译

北欧小说之神巴克曼公认口碑代表作
全球销量超过 1000 万册，豆瓣读者 9.2 超高分推荐
改编电影提名奥斯卡最佳外语片
来，认识一下这个内心柔软，充满恒久爱意的男人

BJÖRNSTAD

熊镇

[瑞典] 弗雷德里克 · 巴克曼 著　郭腾坚 译

全球热销1300万册的瑞典小说之王
弗雷德里克 · 巴克曼
《一个叫欧维的男人决定去死》《外婆的道歉信》《清单人生》之后超越式里程碑新作

读第一遍，有100处细节征服你；读第二遍，又有100处

我们守护什么，我们就成为什么

VI MOT ER

熊镇 2

[瑞典] 苏菲亚·伦德伯格 著　郭腾坚 译

李银河、吴磊、马天宇、冯唐、李尚龙、七堇年、笛安、陶立夏、柏邦妮书单
不仅关于冰球和运动，更写尽了成长为一个真正的人所面临的一切抉择和思索

我们守护什么，我们就成为什么

FREDRIK BACKMAN

AND EVERY MORNING THE WAY HOME GETS LONGER AND LONGER

长长的回家路（中英双语版）

[瑞典] 弗雷德里克 · 巴克曼 著　余小山 译

瑞典小说之神巴克曼口碑绝佳私小说
车银优一口气读了三遍的人生之书
男孩和祖父、父亲和儿子之间缓慢的告别和无尽的爱

MATT HAIG

HOW TO STOP TIME

时光边缘的男人

[英] 马特 · 海格 著　侯茜 译

2017 英国读者与书店联名票选最爱小说。
“卷福”本尼迪克特 · 康伯巴奇出版前夕火速抢下电影版权，亲自主演、制作。

我写下这个故事，
是希望能让人们感觉不那么孤单。

THE HUMANS

我遇见了人类

[英] 马特 · 海格 著　李亚萍 译

英国文坛公认超会讲故事的当红小说家！
《别相信任何人》作者盛赞！
《卫报》直言此书将整个人类送上了靶场！
如果能让一颗心免于破碎，我就不算虚度此生。

ANTOINE DE SAINT-EXUPÉRY

LE PETIT PRINCE

小王子（中法双语版）

[法] 安托万 · 德 · 圣埃克苏佩里 著　胡博乔 译　卤猫 绘

留在地球上的小王子
卤猫倾心绘制 30 幅插画
翻译家胡博乔原汁原味译自 1946 年法国首版
献给小王子诞生 75 周年

JÚLIA SARDÀ

ALICE IN WONDERLAND

爱丽丝漫游奇境（中英双语版）

[英] 刘易斯 · 卡罗尔 著
[西班牙] 茱莉亚 · 桑卓 绘 里所 译
一本真正适合成年人的爱丽丝。
每个女人都曾经是爱丽丝。

WENDELIN VAN DRAANEN

FLIPPED

怦然心动（中英双语版） ［美］文德琳·范·德拉安南 著　陈常歌 译

豆瓣130万读者共同认可，
电影原著双语纪念版。
斯人若彩虹，遇上方知有。
韩寒、卢思浩、《中国成语大会》嘉宾郦波教授推荐电影原著小说。

GUNVOR RASMUSSEN

怪物书　　精灵书

［挪威］龚沃儿·拉斯姆森 绘著　宁蒙 译

北欧童话之乡作家、画家、作曲家、心理学家等20位想象力大师献给孩子的礼物。让想象力醒来，让快乐爆表，在笑到岔气中增长智慧，学会爱与温柔。

JÓN KALMAN STEFÁNSSON

HARMUR ENGLANNA

天使的忧伤

[冰岛] 约恩·卡尔曼·斯特凡松 著 李静滢 译

冰岛桂冠级小说家 ‖ 诺贝尔文学奖实力候选！
英、法、西、德、冰、丹、挪等权威媒体盛赞本书“天堂般美妙”“每一段都像诗”“不可替代的光芒”“美的奇迹”
无尽的风雪、海浪群山，一个男孩和一个邮差的奇异之旅。

HIMNARÍKÍ OG HELVÍTI

没有你，什么都不甜蜜

[冰岛] 约恩·卡尔曼·斯特凡松 著 李静滢 译

冰岛值得阅读的桂冠级诗人小说家，入围 2017 年布克文学奖。
一场大风雪，一个男孩的三天三夜，那个古老迷人的冰岛世界。

MARTHA HALL KELLY

LILAC GIRLS

失去名字的女孩

[美] 玛莎·霍尔·凯莉 著 高心悦 译

守护好心中小小的火种，它将伴你度过艰难时刻。
美国豆瓣13万读者评分4星半，出版两年仍位居美国亚马逊总榜第646位。

根据真人真事改编，它让你相信，即使在极端绝境，人依然可以战胜恐惧，依然可以拥有纯净美好的友谊。

MARIA SEMPLE

WHERE'D YOU GO, BERNADETTE

伯纳黛特,你要去哪

[美] 玛利亚 · 森普尔 著 何雨珈 译

“大魔王”凯特 · 布兰切特被小说折服，主演同名电影
席卷46国，全球销量超过700万册！
蝉联《纽约时报》畅销榜、美国国家公共电台畅销榜
长达88周Goodreads 超过30万读者打出满分好评，
136家媒体“年度图书”推选！

TODAY WILL BE DIFFERENT

今天将会不一样

[美] 玛利亚 · 森普尔 著 傅仪嘉 译

《伯纳黛特，你要去哪》 作者肆意天才新作
出版即被朱莉娅 · 罗伯茨抢下影视版权并亲自出演女主！
《卫报》年度图书 《华盛顿时报》杰出图书 美国国家公共电台年度图书
美国亚马逊 《纽约时报》《柯克斯书评》《美国娱乐周刊》“不可不读的100本书”

SOFIA LUNDBERG

DEN RÖDA ADRESSBOKEN

红色地址簿

[瑞典] 苏菲亚·伦德伯格 著 华静文 译

自费出版半年内凭借超强口碑卖出 32 国版权，
被 650 万欧洲读者推荐为“一生之书”的惊艳处女作。

人生很长，我们不必孤身一人

NICOLA YOON

EVERYTHING, EVERYTHING

你是我一切的一切

[美] 妮古拉 · 尹 著　王思宁 译

连续盘踞《纽约时报》排行榜 53 周！全球售出 41 国版权！
Goodreads 超 15 万人五星盛赞！
因为这本书，全球 7,000,000 读者
重温了希望、梦想和爱情。
你那么好、那么好，爱上你，是我这一生至美的冒险。

ANTOINE PAJE

ET ELLE ME PARLA D'UN ÉRABLE, DU SOURIRE DE L'EAU ET DE L'ÉTERNITÉ

她跟我聊到枫树、水的微笑以及永恒

[法] 安东尼 · 帕耶 著　高原 译

一年有 525600 分钟，有哪些分钟你真正地活过？

法国版《遇见未知的自己》
一本带领你从困顿走向澄明的诗意之书
有多少岔路，就有多少转机。

ET IL ME PARLA DE CERISIERS, DE POUSSIÈRES ET D'UNE MONTAGNE

他跟我聊到樱桃树、灰尘以及一座山

[法] 安东尼 · 帕耶 著　高原 译

法国备受瞩目的心灵小说作家黑马处女作。
我不再害怕，我大步向前，我好好生活。

DANIEL WALLACE

BIG FISH

大鱼

[美] 丹尼尔·华莱士 著　宁蒙 译

出版 20 周年修订典藏版，
豆瓣电影总榜 TOP100 口碑神作原著！
精彩程度不输电影！

不要相信所谓真的，相信你所爱的。

A SUDDEN LIGHT

穿过森林的男孩

[美] 加思·斯坦 著 袁田 译

全球热销 4,000,000 册，感动 35 国的超级畅销书。
《我在雨中等你》作者睽违 6 年重磅新作。
爱不是握着拳，而是松开手。

PASCAL RUTER

BARRACUDA FOR EVER

爷爷一定要离婚

[法] 帕斯卡·鲁特 著　黄可 译

一经出版即空降欧洲 28 国文学榜单的奇迹之书。
我的爷爷 85 岁，他是一个退役拳击手，刚和奶奶离了婚。
生命中最重要的东西并不复杂，
只不过是和你爱的那些人好好度过时光而已。

JONAS GARDELL

TORKA ALDRIG TÅRAR UTAN HANDSKAR

戴上手套擦泪（三部曲）

[瑞典] 乔纳斯 · 嘉德尔 著 郭腾坚 译

头脑可以接受劝告，心却不能。
北欧版《霍乱时期的爱情》，**瑞典每 8 人手中就有 1 人观看并为之落泪。**
作者因此书获年度风云人物，瑞典王储亲自颁奖！
同名影集击败《权力的游戏》荣膺欧洲电视大奖，豆瓣 9.0 高分！

MILENA BUSQUETS

TAMBIÉN ESTO PASARÁ

这也会过去

[西班牙] 米莲娜 · 布斯克茨 著 罗秀 译

2016 年全球文学事件，触动千万人心。
我恐惧你的离开，内心的一部分将变为空洞，然而生活即是不停的告别，我们由此得以顿悟和成长。

DORIT RABINYAN

ההיח רדגיח רדג

爱的边境

[以色列] 朵莉 · 拉宾雅 著　杨柳靖 译

爱情没学过地理，所以不识边境。
伯恩斯坦奖等 10 项大奖加冕，20 余国版权售出，全球超过 260 家媒体争相报道 。
宁愿冒着生命危险，也要展示爱的微小与伟大。

SHELLY KING

THE MOMENT OF EVERYTHING

二手书店情书

[美] 谢利 · 金 著　苏涛 译

没有不可治愈的伤痛，没有不能结束的沉沦，
在这家二手书店，**所有失去的都会以另一种方式归来。**

MIRA BARTOK

THE WONDERLING

狐狸男孩

[美] 米拉 · 巴尔托克 著　王岑卉 译

仅凭剧情大纲，即在出版前以百万美金售出电影版权！
即将被《朗读者》《时时刻刻》导演
史蒂芬 · 戴德利搬上大银幕！
被《卫报》《出版周刊》誉为“现代狄更斯”的纸上奇迹，不会让你失望哪怕一秒钟！
他能洞悉世间万物的秘密，却找不到爱他的人。

JESSE BLACKADDER

SIXTY SECONDS

悠长的告别

[澳] 杰西 · 布拉凯德 著　赵桦 译

澳大利亚国宝级作家杰西 · 布拉凯德交付身心、深情书写四十年的动人力作

如《海边的曼彻斯特》般逼近生活的真相 又因爱的包容和力量而给人希望

先让你心碎，再用爱把你拼凑完整。

MALIN PERSSON GIOLITO

STÖRST AV ALLT

流沙刑

[瑞典] 莫琳·派森·吉莉特 著　郭腾坚 译

2019 年全球上映 ！ Netflix 万里挑一、首次投拍瑞典剧集原著

《一个叫欧维的男人决定去死》作者巴克曼惊叹此书值得全世界阅读

一场漫长、惊险又感人至深的女孩成人礼， 让 29 国读者纷纷追忆青春

SARAH WINMAN

WHEN GOD WAS A RABBIT

那时上帝是只兔子

[英] 莎拉·韦曼 著　温凯尔 译

横扫 11 项图书大奖！ 凯特王妃私房小说

从 4 岁到 33 岁， 一对兄妹如星月般的守护和陪伴

那些成长中的甜蜜与苦涩、困惑与孤独，
这本书都帮你说了出来，让你读完只想把它抱在胸口

武志红

WHY FAMILY HURTS

为何家会伤人（百万畅销纪念版）

武志红 著

知名心理学家武志红
从业 25 年来公认口碑代表作！
1,000,000 册畅销纪念版，
中国家庭问题第一书！

家是港湾，爱是退路。

NICHOLAS D. KRISTOF & SHERYL WUDUNN

HALF THE SKY

天空的另一半

[美] 尼可拉斯 · D . 克里斯多夫　雪莉 · 邓恩 著
吴茵茵 译

每一个地球公民的必读书。——比尔 • 盖茨
普利策新闻奖得主讲述女性的绝望与希望。

A PATH APPEARS

走的人多了，就有了路

[美] 尼可拉斯 · D . 克里斯多夫　雪莉 · 邓恩 著
张孝铎 译

普利策新闻奖得主、美国畅销书《天空的另一半》作者重磅新作。
讲述微小个人也能让世界变得更好。
帮助他人所带来的力量，最终也能帮助我们自己。

ROBYN DAVIDSON

TRACKS

我独自穿越沙漠，领悟了安全感和自由

[澳] 罗宾·戴维森 著 袁田 译

一个女人 9 个月穿越 2700 公里沙漠的史诗般旅程。

“我要剥除所有的社会支撑，不要被保护，学着依赖大地，学会尘土飞扬地玩耍和响亮地放屁。”

ELEANOR ROOSEVELT

YOU LEARN BY LIVING: ELEVEN KEYS FOR A MORE FULFILLING LIFE

生活教会我

[美] 埃莉诺·罗斯福 著 唐磬 译

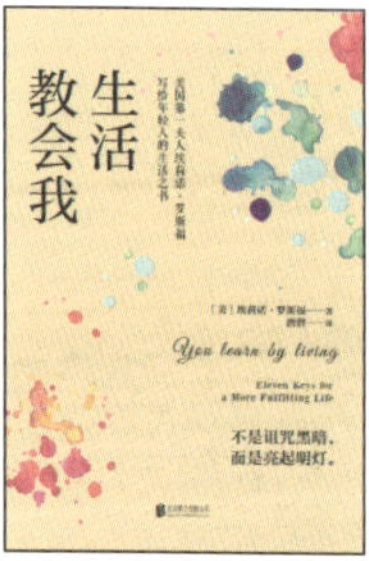

美国前第一夫人埃莉诺·罗斯福写给年轻人的生活之书

恐惧、时间、女性、教育、独立、内心建设、自我实现，字字质朴，句句有声，影响五代美国年轻人。

CHARLOTTE SLEIGH

PAPER ZOO:500 YEARS OF ANIMALS IN ART

纸上动物园：大英图书馆 500 年动物图志

世界文明的诺亚方舟，荡气回肠的自然史诗！

穷尽大英图书馆馆藏，从 1.5 亿件手稿、印刷品、珍本书中甄选出 350 帧稀有画作！

自然艺术奇书，视觉上的一次豪餐盛宴！

CHERYL STRAYED

WILD

走出荒野

[美] 谢丽尔 · 斯特雷德 著
靳婷婷 张怀强 译

连续 126 周盘踞《纽约时报》畅销榜！
仅美国就卖出 300 万册！
罕见地横扫 17 项年度图书大奖！版权售出 40 国！
每个人的生命中，都有一片荒野，
需要你自己探出一条路来。

CAITLIN DOUGHTY

SMOKE GETS IN YOUR EYES

好好告别

关于死亡你不敢知道却应该知道的一切

[美] 凯特琳·道蒂 著 崔倩倩 译

媒体力赞：“大开眼界”“一本改变你死亡观的书”“不被道蒂的讲述启发是不可能的”“让你一路笑不停的奇书”！！
我们越了解死亡，就越了解自己。

CRAIG CHILDS

THE ANIMAL DIALOGUES

遇见动物的时刻

[美] 克雷格 · 查尔兹 著 韩玲 译

2008 年盖伦 · 洛威尔探险艺术奖。2008 年、2013 年西格德 · 奥尔森自然写作奖。
博物学家、冒险家、美国当代最优秀的自然主义作家之一克雷格 · 查尔兹代表作。
给每一个热爱动物的孩子和大人。

KRISTIN KIMBALL

THE DIRTY LIFE

耕种 食物 爱情

[美] 克里斯汀 · 金博尔 著 姜佳颖 译

诗意生活的典范、美国极具影响力的
田园生活家克里斯汀 · 金博尔畅销代表作。

“我想要一个家，有一间房子，有青草的气味，有晾在绳子上的床单，有一个在喷洒的水中跑过的孩子。”

大山旬 & 玄长 NAOKO

365日をおしゃれに楽しむ男のワードローブ

日剧男友穿搭圣经

[日] 大山旬 著 金磊 译

365 REAL CLOSET

日剧女主穿搭圣经

[日] 玄长 NAOKO 著 伍佳妮 译

改变亚洲人生活方式的365天穿搭圣经

97%实用度！

衣服是你最重要的人设，
你的穿搭是一切美好生活的开始

365

MATT HAIG

NOTES ON A NERVOUS PLANET

焦虑星球笔记

[英] 马特·海格 著 李亚萍 译

如果现代生活也令你焦虑，这就是给你的书。

国际畅销书《活下去的理由》续篇

《星期日泰晤士报》畅销书榜 TOP 1

英国亚马逊心理学畅销排行榜 TOP 1

VIVIAN MAIER

VIVIAN MAIER: STREET PHOTOGRAPHER

我是这个世界的间谍：薇薇安·迈尔街拍精选摄影集

VIVIAN MAIER: SELF-PORTRAITS

我与这个世界的距离：薇薇安·迈尔自拍精选摄影集

[美] 薇薇安 · 迈尔 摄 约翰 · 马卢夫 编

“她用孤独隐秘的一生，服事了影像的光辉与不朽。”

街头摄影界的凡 · 高 传奇保姆摄影师薇薇安 · 迈尔

隐没 60 年作品 精装、大开本首度原版呈现。

“这些是她最棒的一些照片，也许也是她留下的作品中最有启发性的了。”——《洛杉矶时报》

大魚讀品
big fish studio
磨铁图书旗下品牌

出 品 人 | 沈浩波
主　　编 | 冯倩
产品经理 | 魏凡　万巨红　简秋生　任菲　李一巍
营销编辑 | 蔡咏乐　高蒙蒙　张婉希
书目设计 | 付诗意　沐希设计

微 信 号 | 大鱼读品 BigFish
微 博 号 | 大鱼读品 BigFish
豆瓣小站 | https://site.douban.com/249541/
联系邮箱 | bigfishbooks@163.com
地　　址 | 北京市西城区德外大街 83 号德胜国际中心 B 座 10 层

吗？这种人自以为体恤他人，实际上无礼至极。她不知该怎么跟对方争辩，索性选择闭上眼睛，不予置评。（088页）

不论金智英举多少理由婉拒，说自己已经不能再喝了，回家路上很危险，真的不想喝了，也会遭部长反问：“这里这么多男人，有什么好怕的？”我最怕的就是你们！金智英把这话咽回肚子里，偷偷地将酒倒在冷面碗和一旁的空杯里。（103页）

金智英丝毫没有埋怨婆婆怎么没抓中药给她吃，最令她难以承受的反而是一次又一次被过度关切，她很想大声说自己非常健康，一点也不需要吃什么补品，生子计划应该是和丈夫两个人商量，而不是和你们这些初次见面的亲戚商量。但她一句话都说不出口，只能不停地说“没有啦，没关系”等场面话。（121页）

那你要不要也试试一直恶心想吐、吃不好、睡不好、想睡又不能睡、身体到处酸痛的感觉啊？金智英心里暗想，却什么话也没说。（126页）

虽然金智英一直很想大声说，她也可以抬头挺胸走路、吃

自己想吃的东西，这些都跟孩子的性别无关，但是感觉说了以后好像会显得自己更难堪，只好打消这个念头。（129 页）

每当金智英遇见让人无语或者有失公平的情形时，几乎都选择沉默以对，尽管有真实心声，却不会坦然说出，我想，她为什么不能痛快地说出口，我们一定都心知肚明。金智英应该早已发现，她的家，她就读的学校，她走的街道，也就是她所居住的这个社会“对女性不友善”的事实。在这样的社会里，女性不仅替自己发声会招来麻烦，光是身为女性本身就足以让自己身陷危机。母亲询问父亲，要是肚子里的第三胎又是个女孩怎么办？父亲竟回她，别净说些“触霉头的话”，最后母亲含泪忍痛拿掉了孩子；奶奶则是训诫着“胆敢”贪图宝贝孙子的东西、比“阿猫阿狗”还不如的孙女；小学老师认为坐金智英邻座的男孩，只是因为喜欢她才老是找她麻烦，希望他们以后可以处得更好；那些靠自己的力量抓到暴露狂的初中女同学，因为被老师认为丢了学校的脸而遭到记过处分；高中搭公交车被陌生男子威胁时，父亲反而责备女儿，认为都是金智英自找的。

金智英并非从一开始就选择沉默，尽管经历了这么多差别待遇，她还是试图说些什么，因为要是没把想讲的话说出口，之后一定会有说不完的委屈和愤恨。当怀孕的她听见男同事语带调侃地表示羡慕她以后可以享有上下班时间“特殊待遇”时，马上说自己并没有打算比别人晚来公司；然而随即后悔，因为一方面自己的身体真的吃不消，另一方面觉得自己反而剥夺了其他女职员的权利，害她们也不敢使用应该享有的福利。

金智英为了孩子决定离职时，面对先生的安慰，她也曾经怒吼过：“能不能不要再说帮我了？”但到最后依旧感到抱歉而主动道歉。因为她发现，尽管为自己勇敢发声，情况还是会依旧，甚至只会更糟。金智英就这样渐渐地选择沉默。

不过在金智英的周围，仍有想要努力扭转这些不公不义的女性角色，比如，在教室里告诉老师室内鞋并不是金智英踢出去的女同学，提议定期更改吃午饭顺序的女同学柳娜，因男女制服规范严格度不一而向教官提出抗议的女同学，凭自己的力量抓到暴露狂的那群女同学，帮助金智英脱离男子威胁的女上班族，抵抗职场性骚扰的金恩实组长……

金智英的症状虽然很难从医学角度说明，但是在“对女性不友善的社会”的氛围下，是可以充分理解的，她只是通过这些女性替自己发声罢了。

“亲家公，恕我冒昧，有句话我还是不吐不快，只有你们家人团聚很重要吗？我们也是除了过节以外，没有别的机会可以聚在一起好好看看三个孩子。最近年轻人不都是这样吗？既然你们的女儿可以回娘家，那也应该让我们的女儿回来才对吧。”（011～012页）

“代贤啊，最近智英可能会有些心力交瘁，因为她正处在身体渐渐恢复、心里却很焦虑的阶段。记得要经常对她说‘你很棒’‘辛苦了’‘谢谢你’这些话。”（006页）

现在的婆婆嘴上都会说视媳妇为女儿，但面对女儿可以回娘家、媳妇却得留在婆家的事实，有几个媳妇真的敢向公婆提议要回娘家呢？在普遍认为育儿就是妈妈的事，甚至连累都不应该喊的社会氛围下，又有多少妻子能要求自己的丈夫多对她说几句“你很棒”“辛苦了”“谢谢”？那些埋藏在金智英心底已久的话，当她脱口而出时，周围的人才真正开始察觉并关心她的情况，而且借由这个症状，医生也从金智英的身上看见了自己妻子的影子，回顾了她的人生。

那么，为何偏偏这时候出现这个症状呢？金智英生下爱女满一年之际，开始出现这些症状。成为母亲是多么值得开心的一件事，更何况在视“母爱”如宗教般的韩国，大家都会大力赞扬母亲是伟大、美丽的存在，然而，对于真正成为母亲的当事人来说，不一定全然美好。我们经常会听过来人说："母爱是本能，等你面对时自然就会了。"可是当妈妈真的不是这么一回事，那是一连串难以言喻的恐惧、疲劳、惊吓、不知所措、混乱、挫折，甚至会出现一股背叛感，觉得"怎么都没有人事先告诉我会这么辛苦，要是有人告诉我，我就会提早做好身体与心理准备，说不定会处理得更得心应手，不会那么辛苦。难道是因为怕说出实情以后，在这出生率已经够低的年代会害得更多人不敢生小孩吗？还是到处对人说带小孩有多累是不礼貌的行为"？当然，我们从不认为身为女儿、女学生、女朋友、女员工、妻子、媳妇的人生就不辛苦，但是母亲的角色毋庸置疑是辛苦的，而这份辛苦，也并非单纯只来自抚养另外一个小生命。

成为母亲之后，过去的人脉会从此中断，遭到社会排挤，被关进家庭，并且只允许做"为了孩子"的事情。例如：把时间、金钱、体力、情感都花在孩子身上，人际关系也变成以孩子为中心。要是展现出本来的自己，也就是"不像个母亲的样子"，还会遭人质疑似乎不具备做母亲的资格。顿时，你会觉得仿佛失去了自己的生活、工作、梦想、人生，甚至是自我本身。其实抚养孩子（下一代）并非女人的义务，而是社会应尽的义务，因此在各个家庭中，大部分母亲会因为不得不"独自带小孩”而感到愤愤不平。生产之后，好几个月独自照顾小孩，好不容易有机会出门买杯一千五百元的咖啡喝，竟被人说是“妈虫”，在这已经几乎无人关照他人的时代，唯一还在照顾其他人的身份便是“母亲”，但是这样的母亲只因为花了一点先生辛苦赚的钱，进咖啡厅买了杯咖啡喝，就被人指指点点，被贴上只知道享受的“自私虫”标签。在对女性不友善的时代里，仿佛就连“母爱”这个宗教也不复见。不论是对母性的神圣化，还是对“妈虫”的厌恶，都只会成为女性的枷锁，又怎么可能要我们守护完整的“自我”？

金智英能康复吗？书里最后一章留下了令人不安的伏笔。听完金智英的生命故事，精神科医生表示，他这下才发现原来还有他从未想过的一面，他看着金智英，想起明明原本比他优秀，最终却也走进家庭、相夫教子的妻子，甚至表示因为接触到金智英这样的特殊案例，才令他更能对妻子的经历感同身受，甚至对此感到自豪，希望原本是数学天才的太太将来可以做自己擅长、喜欢、想做的事情。但他的自觉与自省到此为止，看着好不容易熬过几次小产危机，最后决定选择离职的女医生，认为“不论是多么有能力，表现多么优秀，只要解决不了育儿问题，女职员都免不了会带来这些困扰”，并下定决心下一位医生“一定要找未婚单身的才行”。大部分男性会将女性分成我女儿、我妻子、其他女性，但自己的妻子与女儿，却往往被除了他自己以外的其他男性称为“妈虫”或者“大酱女”。

我们应该期待金智英能在这样的社会里康复吗？金智英的康复就等同于那些替她发声的角色不再出现。或许现在的金智英通过不同角色转换来替自己发声，会让她更自由也更舒服一些，但是她模仿别人的口气说出的那些话，终究不属于她自己，总不可能一辈子都借由其他角色来替自己发声吧？金智英到底该如何找回自己失去的话语权？

以上是我读完本书后所抛出的各种问题。我也心知肚明，光靠一九八二年生的金智英是找不出解决对策的。所以我希望阅读这本书的读者朋友们一起思考，寻找方法，因为我们每个人都是金智英。

| 译后记 |

我从小生长于韩国，在那里待了整整十七年，直到二〇〇五年秋天才来中国台湾定居，可以说深受韩国文化熏陶。金智英刚好和我一样生于二十世纪八十年代，虽然她是大我六岁的姐姐，但她的人生故事却丝毫没有令我感到讶异、震惊或者难以置信，甚至和我对韩国女性的角色认知毫无二致。

她就像真实存在于周围的朋友、姐妹、同事、邻居，那么平凡无奇、随处可见。她在书中呈现的人生遭遇，更是稀松平常到毫无爆点可言，不论是从小生长在重男轻女的家庭，还是在学校因为是女生而遭受不当苛责，以及“IMF 时代”[1] 导致许多家庭顿时陷入经济困难，女性得尽快步入社会分担家计，到后来这些女性进入社会以后，在职场中面临性别歧视、性骚扰、升职阻碍，最后为了结婚生子而不得不放弃自己辛苦积累的事

1 一九九七年，亚洲金融风暴影响下韩国进入经济危机，为渡难关，韩国政府向国际货币基金组织（IMF）申请了紧急救助贷款。接下来的几年，货币贬值、企业破产、公司裁员都给韩国人留下了惨痛的记忆。——编者注

业等，每一页、每个环节，都如实道尽了韩国女性从上一代到这一代，长期以来遭遇的不平等对待。

与其说这是一本小说，不如说更像是某个人的人生写照，或者是一部纪录片，真实记录着社会各个角落依旧隐藏着的不平等；更可怕的是，许多韩国女性甚至是在读了这本小说后才意识到，原来许多事情其实是不合理、不公平、存有性别歧视的，换言之，她们早已习以为常，打从一出生就受到这样的对待，所以一直没有意识到有什么问题。

许多读者（包括我自己也是）一直到最后一页都很期待金智英会不会来个人生大逆转或大突破，期盼着她最后可以勇敢地追逐自己的梦想或者为自己发声，来点正面、积极、励志的内容，好让我们在这充满无奈的现实中看见一线希望，结果很可惜，并没有，她的人生都在我们可预料的范围内，毫无意外；而这也是阅读完这本小说之后最令人难过的地方——金智英没能走出一般韩国女性的命运。

然而，很显然，金智英的遭遇并不仅限于韩国这个地域文化圈，实际上，在早期华人社会里也一直存有男尊女卑、男主外女主内的风气。早期的欧美国家的女性同样有着和男人地位悬殊的问题，当今世界上有些国家甚至对女性的态度和观念仍旧极度保守，限制重重，只是环境背景不一样、问题改善速度不一样罢了。

随着时代进步，男女教育程度相当，女性社会地位逐渐提升，薪水收入与男性不相上下，各种法律面、制度面也都看似开始保障女性权益，但是实际探究日常，某些行业类别、人与人之间的互动，都还是存有对女性的诸多限制、歧视，尤其是面临结婚的男女，不论婚前还是婚后的大小事，都可以明显地看出这个社会依旧普遍存在着对男女的刻板印象。

个人很喜欢作者处理金智英婚前至婚后的心理转折部分，刻画得极其细腻，道尽了许多职场女性步入婚姻的心路历程，从与先生讨论该不该有小孩时起的争执，担心着自己即将失去青春、健康、职场，以及同事、朋友等社会人脉，还有人生规划、未来梦想等种种，到怀孕后不得不放弃一切、为了孩子把自己关入家庭，以及成为新手妈妈后遭遇的各种不当对待，不免为她感到心酸，那段内心挣扎与煎熬，相信不只是韩国读者，中国读者一定也能感同身受。

我印象特别深刻的是，老医生对她说："现在洗衣服有洗衣机，还有吸尘器不是吗？现在的女人到底有什么好辛苦的？"于是金智英心想：以前还要一份一份地翻找患者病历、手写记录和开处方，现在的医生到底有什么好辛苦的？以前还要拿着纸本报告书去找主管签字，现在的上班族到底有什么好辛苦的？以前还要用手插秧、用镰刀收割水稻，现在的农夫到底有什么好辛苦的……却没有人会这样说。不论哪个领域，技术都日新月异，尽量减少使用劳力，而唯有“家务”始终得不到大家认同。读到这里我简直点头如捣蒜，许多男人会用“我都有帮你做家务、我都有帮你顾小孩”来捍卫自己的立场，殊不知光从“帮你”两个字就可以看出，他们普遍还是认为家务、育儿乃女人之事；从百货公司的尿布台往往设在女厕一事，也可看出同样的思维方式。

在韩国，许多人为这本书贴上了女性主义标签，有女明星甚至因为表示自己读过这本书而引发韩国男性的强烈不满，惨遭攻击，也有人刻意将这个主题改写成男性版，试图引发男女对立。读者们纷纷呼吁，希望不要再让一九八二年生的金智英陷入绝望，而阅读这本畅销书的主要读者群也为女性，上述这些都一再显示韩国社会仍需加紧脚步改善性别歧视问题。我不禁想起艾玛·沃特森（Emma Watson）曾在国际妇女节这一天所说的话，她重申自己的核心理念：“争取的不是女权，而是两性都能自由。”并清楚地指出“女性主义从不等于厌恶男性，但凡相信平等的人，都是女性主义者”（Feminism is not about man hate, it's really not.If you believe in equality, you are a feminist）。这段话言犹在耳，期盼这本书在华人圈能有更多男性读者，让男性对女性的处境能够有所了解，相互体谅，帮助彼此。

五月，一个属于母亲的月份，正适合好好阅读这本讲述女人的故事。衷心期待这个世界会变得更美好，男女也不再成为某些事物的筛选条件；而这需要女人的自觉与男人的换位思考，通过阅读这本书，先跨出第一步吧！

图书在版编目（C I P）数据

82年生的金智英 /（韩）赵南柱著；尹嘉玄译．—
贵阳：贵州人民出版社，2019.9（2021.3重印）
ISBN 978-7-221-15315-9

Ⅰ．①8… Ⅱ．①赵… ②尹… Ⅲ．①传记文学—韩国
—现代 Ⅳ．①I512.655

中国版本图书馆CIP数据核字（2019）第117497号

书　　名	82年生的金智英 82 Nian Sheng de Jin Zhiying
著　　者	〔韩〕赵南柱
译　　者	尹嘉玄
责任编辑	唐　露
封面设计	千巨万　沈彩蕊
出版发行	贵州出版集团　贵州人民出版社
社　　址	贵州省贵阳市观山湖区中天会展城会展东路SOHO办公区 贵州出版集团大楼（邮编：550081）
印　　刷	天津旭丰源印刷有限公司
开　　本	880×1230mm　32开
印　　张	6.25
字　　数	105千字
版　　次	2019年9月第1版
印　　次	2021年3月第13次印刷
书　　号	ISBN 978-7-221-15315-9
定　　价	45.00元

如发现图书质量问题，可联系调换。质量投诉电话：010-82069336